铜川市王益区人民政府　出品

孟姜女故里丛书·卷一

孟姜女传说

和谷 主编
王赵民 编

西安出版社

图书在版编目（CIP）数据

孟姜女传说 / 和谷主编；王赵民编. -- 西安：西安出版社, 2018.6（2022.12重印）
（孟姜女故里丛书）
ISBN 978-7-5541-3144-2

Ⅰ.①孟… Ⅱ.①和… ②王… Ⅲ.①民间故事—作品集—铜川 Ⅳ.①I277.3

中国版本图书馆CIP数据核字(2018)第127730号

孟姜女故里丛书·孟姜女传说
MENGJIANGNU GULI CONGSHU · MENGJIANGNU CHUANSHUO

主　　编：	和　谷
编　　者：	王赵民
策划统筹：	史鹏钊
责任编辑：	张增兰　乔文华
责任校对：	张忝甜　陈　辉
装帧设计：	纸尚图文设计
出版发行：	西安出版社
	（西安市曲江新区雁南五路1868号影视演艺大厦11层）
电　　话：	（029）85253740
邮政编码：	710061
印　　刷：	廊坊市印艺阁数字科技有限公司
开　　本：	880mm×1230mm　1/32
印　　张：	6.75
字　　数：	156千
版　　次：	2018年6月第1版
印　　次：	2022年12月第2次印刷
书　　号：	ISBN 978-7-5541-3144-2
定　　价：	42.00元

读者购书、书店添货或发现印装质量问题，请与本公司营销部联系、调换。
电话：（029）85234426

| 目录 |

001　孟姜女传说的来龙去脉 / 王赵民

013　孟姜女故事研究 / 顾颉刚

051　孟姜女传说故事辨 / 宋治清

057　孟姜女传说诗文述略 / 杜发隆

070　孟姜女传说 / 闻立

074　风物传说 / 秦凤岗

096　传说故事 / 黄卫平

104　孟姜女故事 / 张敦竑

111　长城 / 贾福义

114　孟姜女的传说 / 刘汉腾

122　孟姜女思夫

124　秦始皇吊孝 / 刘西燕

126　一锨土 / 陈中学

128　十月初一送寒衣

130　送寒衣节的来历

136　中国四大民间爱情传说

141　文献

145 遗迹

152 歌谣 / 黄卫平

155 戏曲：孟姜女寻夫

165 风景名胜

169 孟姜女的当下价值 / 和谷

170 挖掘弘扬孟姜女文化是我们的

　　责任 / 王勇超

172 弘扬社会主义核心价值观

　　挖掘和保护传统优秀文化 / 姜文宏

174 重视人文历史地理学研究

　　确立铜川孟姜女传说故里地位 / 黄卫平

178 制作孟姜女故事系列动漫及

　　商业产品　提升铜川对外影响力 / 黄宏显

180 凝心聚气　做好孟姜女文化遗产

　　研究保护开发工作 / 刘新中

182 打造最动情的爱情名片 / 刘平安

184 把孟姜女的传说落到实处 / 秦凤岗

186 加强孟姜女故里建设 弘扬孝老敬老传统美德 / 王赵民

188 铜川孟姜女文化之大品牌、大思维、大运作 / 李延军

191 铜川孟姜女文化旅游规划的几点建议 / 周占魁

194 孟姜女传说纪事

207 后记

孟姜女传说的来龙去脉

王赵民

孟姜女故事是我国著名的民间故事,是"四大民间传说"(其他三个分别是梁山伯与祝英台、白蛇传、牛郎织女)之中最为悲壮、震撼人心的一个,也是我国流布最广的民间传说之一,从战国时期开始就见端倪,《春秋左氏传》、《礼记·檀弓》、《孟子》以及汉代《说苑》、《列女传》等都有一些片断记载,到现在已有2500多年的历史。它经过口耳相授、著之典籍、被之管弦、演于戏剧、搬上屏幕等多种样式的媒介传播,广泛流传于我国的山东、山西、陕西、湖北、甘肃、河北、北京、河南、湖南、云南、广东、广西、福建、浙江、上海、江苏等地,几乎是家喻户晓、妇孺皆知。2006年,孟姜女传说被国务院列入第一批国家级非物质文化遗产名录。

铜川的孟姜女传说

陕西也是孟姜女传说的流传地之一。其传说故事和遗迹以铜川为最多,更有学者认为,孟姜女传说的发源地就在铜川。《大明一统志》载:"孟姜女本陕之同官人,秦时以夫死长城,自负遗骨以葬于县北三里许,死石穴中。"同官即今天的铜川,这里有中国最早建立的孟姜女庙,有中国最早的孟姜女诗刻碑,有与孟姜女丰富的传说有关的人文景观,更有最古老的史料记载与诗文集,所以,铜川也是孟姜女的故乡。这里作为秦时服徭役者北上的通道而备受民间关注,有可能是修筑长城的民夫牺牲最多的地区之一,因而孟姜女哭长城的故事在这里流传甚广。

西汉景帝二年(前155)于今铜川设祋祤县;西晋(265—317)为频阳县;十六国时期(304—439)于城东北铜官川设置铜官护军;北魏太武太帝平真君七年(446)设置铜官县;北周武帝建德四年(575),铜官县改名为同官县,一直沿袭至民国时期。民国三十五年(1946),因与"潼关"同音,同官县改称铜川县。1958年4月5日,国务院决定撤销铜川县,成立铜川市,归陕西省管辖,是陕西省继西安市之后所设的第二个省辖市。

铜川地处黄帝文化圈核心区,古为长安京畿之地,其人文历史可上溯到6000多年前的新石器时代,历史悠久,文化厚重,是华夏文明的发祥地之一,是西晋哲学家傅玄和唐代医药学家孙思邈、书法家柳公权、史学家令狐德棻及北宋山水画家范宽等历史名人的故里。"东方古陶瓷生产的活化石"——中国历史文化名镇陈炉古镇,唐初三代帝王的避暑行宫、世界文化名人玄奘法师译经圆寂地玉华宫,孙思邈隐居行医地药王山,佛教圣地大香山等人文景观闻名于世。

铜川有大量孟姜女故事、歌谣和遗迹,将孟姜女的生与死都归属于同一地方——铜川;史书上亦有记载,如《陕西通志》《郡国志》《古今图书集成》《畿辅通志》《耀州志》《同官县志》以及山海关孟姜女庙刻均记载"孟姜女是陕西同官人"。铜川老城北3里的金山山麓有孟姜女祠,重修于北宋嘉祐(1056—1063)初,由县令宋宗谔主持。此后元至正年间，明嘉靖、万历、崇祯年间，清康熙和乾隆年间多次重修，今已成为规模宏大、庙宇林立、影响深远的名胜古迹。

明嘉靖二十七年（1548），马理编《孟姜女集》刊刻传世，其后多次重刻；明崇祯八年至十年（1635—1637），孔子第六十四代孙孔尚标任同官县令，亦曾编同官历代题咏孟姜女诗文集《孟姜女集》以传后世；乾隆三十年（1765），同官县令袁文观重修孟姜女庙，直言李如圭传述"荒谬不可稽"。近年来，随着志书资料的增加与文化传统遗产的发掘，孟姜女传说的研究又有突破，涉及铜川孟姜女传说（即论说孟姜女是铜川人）的文章、著述不下16种，特别是国内发现最早的宋代咏孟姜女诗碑、明代的诗文集《孟姜女集》孤本，可以证实铜川是孟姜女传说形成的最早地域。

此外，从地理角度也可证实铜川是孟姜女传说形成的最早地域。在最早的孟姜女传说中，孟姜女寻夫是向西北去的。"筑长城兮遮北胡"，"北胡"泛指北方少数民族。唐代的孟姜女诗文中多次提到的"金微""榆林"，都是西北部的边城。明代人作孟姜女碑文，仍然说孟姜女寻夫是向西北去的，如：马理《孟姜女集序》谓孟姜女"经雕阴而南"；黄世康的《秦孟姜碑文》作"出秦岭而西，循漆川而北"。这里的"雕阴"指绥德县，"漆川"即铜川的漆水。绥德、铜川皆位于秦直道所经之处，是"北胡"南侵的必由之路。故而孟姜女传说诞生于此时此地绝非偶然，最初传说孟姜女要往西北去寻夫也不仅仅是说说而已，而是有其地理历史背景的。

还有一个重要的地理史料，那就是铜川的女回山与哭泉这两个地名都由孟姜女传说而来，这两个地名被写进了正史《魏书·地形志》、《唐书·高宗本纪》和《唐书·地理志》，资料的来源不是当时的采风就是实录的原始史料。这说明最晚在《唐书》修纂的年代，铜川就已经有关于孟姜女传说的地名了，这在全国能印证孟姜女传说的史料中，是最早、最权威的，没有比它更有说服力的了。

直接反映民俗与民族深层意识的是铜川孟姜女传说中孟姜女诞生于葫芦中的细节，这是史前文化和民俗的又一个反映。闻一多先生曾考证，葫芦是"中华民族始祖女娲与伏羲的化身"，"葫芦象征母体，葫芦崇拜也就是母体崇拜"。在铜川近年的考古发掘中，就出土了新石器时代的彩陶葫芦瓶、彩陶葫芦双耳瓶等多种器物，这些"葫芦"在新石器时代的文化遗存中，不仅是作为容器，而且也是作为一种图腾崇拜的礼器。而今，葫芦仍然是铜川陶瓷创作的一个传统题材，也是民间剪纸的传统题材，"葫芦孕娃"等传统图案剪纸近年还在广州、香港等地现场表演、出售。可以这样说，孟姜女传说的形成，从民俗与民族意识的深层结构看，是古代母性崇拜的一种潜意识的反映与延续。

从孟姜女行走的路线看，她哭倒长城，背着丈夫遗骸，由长城脚下的榆林一路向南，在榆林、延安和铜川地区留下了大量的民间传说故事、民歌和遗迹，定边、米脂、绥德、吴堡、甘泉等县的文史资料都收集有孟姜女故事和遗迹，这些地方的孟姜女传说故事和铜川的孟姜女传说与遗迹形成呼应，进一步印证了铜川是孟姜女的故乡。

因此，孟姜女传说发源于同官，萌生于北朝以后，形成于隋唐之际，最后定型于唐代的后期，这一过程并非偶然，是铜川经济文化的反映。1963年1月下旬，中国戏剧家协会主席田汉赴延安，过哭泉，观孟姜女祠，赋诗一首："古城荒祠断碣眠，当年姜女走三边。关城万里功千古，莫忘民间有哭泉。"

顾颉刚与孟姜女研究

2000多年来,孟姜女的传说一直以口头传承的方式在民间广为流传。直到20世纪初,在"五四"精神的推动下,孟姜女进入研究者的视野并受到广泛关注。1924年,顾颉刚发表了《孟姜女故事的转变》一文,惊动了中外学术界,一时应者蜂起,提供资料、书信讨论者纷至沓来。

顾颉刚(1893—1980),汉族,名诵坤,字铭坚,号颉刚,小名双庆,笔名有余毅、铭坚等,江苏苏州人。中国现代著名历史学家、民俗学家,古史辨派创始人,现代历史地理学和民俗学的开拓者、奠基人。1920年,顾颉刚毕业于北京大学,后历任厦门大学、中山大学、燕京大学、北京大学、云南大学、兰州大学等校教授。1949年后,曾任中国科学院历史研究所研究员、中国民间文艺研究会副主席、民主促进会中央委员等职。

其实,前代学者对孟姜女传说流传的历史已加以注意,如宋代的郑樵在《通志·乐略》中指出:"杞梁(孟姜女之夫)之妻,于经传所言者不过数十言耳,彼(稗官)则演成万千言。"清代的姚际恒则指出未有杞梁妻故事时,"孟姜"一名已成为美女的通称,在《诗经通论·郑风·有女同车》中说:"是必当时齐国有长女美而贤,故诗人多以'孟姜'称之耳。"据顾先生的助手王煦华[①]先生介绍,就是受了他们二人言论的启发,顾先生开始搜集和研究孟

[①] 王煦华,1929年生,江苏江阴人,著名历史学家顾颉刚先生的助手。1958年参与编辑《中国丛书综录》,任副组长。业余研究目录学理论,1993年10月起享受国务院颁发的政府特殊津贴。

姜女故事材料，而且成绩不菲。他将孟姜女传说的原初形态一直上溯到《左传》中的一个故事，《左传》记述这个故事是想褒扬杞梁妻（也就是后世的孟姜女）在哀痛之际，仍能以礼处事，神志不乱，令人钦佩。他在《古史辨》第一册《自序》中说："我惊讶其历年的久远，引动了搜集这件故事的好奇心。事情真奇怪，我一动了这个念头，许多材料便利落地奔赴到我的眼前来。我把这些材料略略整理，很自然地排出了一个变迁的线索。"这个变迁的线索，也就是他在《答李玄伯先生》信中所说的："她（孟姜女）起初是却君郊吊，后来变为善哭其夫，后来变为哭夫崩城，最后变为万里寻夫。"于是他在1924年冬天，写成《孟姜女故事的转变》一文。

这篇论文在《歌谣周刊》发表以后，学术界给予极高的评价。刘复在给顾先生的信（《孟姜女故事研究集》第三册《敦煌写本中之孟姜女小唱》）中说："在《歌谣》第六九号中看见你的《孟姜女》一文的前半篇，真叫我佩服得五体投地。你用第一等史学家的眼光与手段来研究这故事；这故事是2500年来一个有价值的故事，你那文章也是2500年来一篇有价值的文章。"后来在《吴歌甲集·序》中又说："前年颉刚做出孟姜女考证来，我就羡慕得眼睛里喷火，写信给他说：'中国民俗学上的第一把交椅，给你抢去坐稳了。'"另外，很多人为顾先生提供研究的材料，唱本、宝卷、小说、传说、戏剧、歌谣、诗文络绎而至。顾先生把这些材料编为《孟姜女专号》，在《歌谣周刊》上刊载，共出了9期，引起了人们的重视。魏建功在《〈歌谣〉四十年》一文中说："专号成绩丰富多彩的是顾颉刚先生主编的《孟姜女》。顾先生用研究史学的方法、精神来对旧社会认为'不登大雅之堂'的故事传说进行研究,一时成了好几十位学者共同的课题,有帮助收集歌谣、唱本、鼓词、宝卷和图画、碑版的,有通讯分析讨论故事内容的。远在巴黎留学的刘复教授见到《孟姜女》,称赞他的文章是2500年来一篇有价值的文章,绝非虚誉,而是确切的评价,还抄回伯希和拿走的敦煌卷子里唐人《云谣集》《虞美人》词中有关孟姜女的资料,很令人兴奋。从那时起,人们对现行故事传说的源远流长认识更加明确。《孟姜女》共出过9期,最典型地体现了人们自发自愿、肯想肯干、互相启发、不断影响的范例。"(《民间文学》1962年第2期)《歌谣周刊》停刊后,顾先生还继续在《北京大学研究所国学门周刊》中编刊《孟姜女故事研究》共8期,相继写了《杞梁妻哭崩梁山》、《杞梁妻哭崩的城》、《孟姜女故事研究的第二次开头》以及《孟姜女故事研究》等研究孟姜女故事的文章。在他的倡导下,有关专家、学者就这个故事展开了热烈的讨论和研究,与他讨论孟姜女故事的通讯达38篇(发表时顾先生大都加了按语,这些按语都有他自己的见解),促进了当时民间文学研究的开展。顾颉刚先生收集孟姜女故事资料达50年之久,收集资料约100万字,为孟姜女故事的研究做出了划时代的杰出贡献。[①]可惜的是,这些资料毁于"文革"中。

顾颉刚先生在做孟姜女研究时,也注意到了同官孟姜女的资料。他在《孟姜女故事研究》一文中指出:"又同官的孟姜女庙是北宋嘉祐(1056—1063)中县令宗谔重修的。因为她的人格日益

---

① 王煦华:《顾颉刚先生对民间文学、民俗学的研究及贡献》,参见《孟姜女故事研究及其他》,商务印书馆,2014年4月第1版,第381页。

伟大，所以列入了祀典。""天顺五年（1461）编成的《大明一统志》说，'孟姜女本陕之同官人，秦时以夫死长城，自负遗骨以葬于县北三里许，死石穴中'。这大概是志书中正式记载这个后起的传说的第一回吧？同官之说，前所未闻；孟姜女成了同官人，于是她从齐籍转入了秦籍。"

对于同官与孟姜女的关系，顾颉刚先生这样考证：

至于同官一带的孟姜女故事何以会得这般发达，我敢作一假设，大约是由"姜嫄"转误的。《诗经·绵篇》说"民之初生，自土沮漆"，《生民》篇又说"厥初生民，时维姜嫄"，可见姜嫄是沮漆间的伟大人物。沮水出宜君县北，漆水出同官县东北，两水把同官夹在里面，到耀县而合流。或者年代久远，姜嫄的奇迹逐渐失去，适有杞梁妻崩城和崩山的传说起来，那地的人就把她顶替了。如果这个假设将来有证实的时候，我敢说孟姜女一名亦即由姜嫄而来。

顾颉刚先生的考证不无道理，铜川孟姜女传说的形成和孟姜女庙的选址都在漆水河畔金山之上，应该是有着一定的理由。姜嫄是教民稼穑的后稷的母亲，是先秦时陕西先民最为崇拜的偶像。铜川既有沮水又有漆水，姜嫄的传说又在远古，口传中以一定的时代特征为背景（比如唐时徭役繁重），定格为孟姜女这样一个新的民间传说形象是完全可能的。这也成为铜川是孟姜女传说形成最早地域的又一有力证明。

如果顾先生当时能到同官实地考察，估计会有更翔实的考证和更精彩的记述。

铜川学者研究孟姜女成果

顾颉刚之后,又有许多学者参与了孟姜女故事的研究。至今,学者们已经从孟姜女传说的历史渊源和地理流变、文本整理和分析、地域因素、民俗事项、非物质文化遗产保护、文化产业等多个角度展开了丰富而细致的研究,取得了众多的成果。

在铜川,黄卫平、秦凤岗两位学者对孟姜女的研究倾注了大量心血,取得了丰硕成果。

黄卫平是江苏海门人。1979年,他在铜川矿务局矿史编写组采写矿工家史,采访中听说了铜川孟姜女故事,自小听母亲讲过孟姜女故事的他便对此产生了浓厚的兴趣。他搭乘火车到黄堡,步行到孟家原,又抄录了《同官县志》中孟姜女的记载,开始了对孟姜女故事资料的收集和研究工作,并在当时很有影响的《民间文学》(1982年第3期)发表了铜川孟姜女传说两篇(《烛泪》《哭泉》),在《群众文艺》发表了《哭泉的由来》,被《陕西风物传说故事集》《长城故事集》《中国民间故事集成·陕西卷》等书籍收录。20世纪80年代末,他又完成了《铜川孟姜女传说的形成发展及在国内的影响》《孟姜女传说发祥在同官(铜川)》等论文的撰写,前者获陕西省民间文学优秀论文奖(不分奖次)。20世纪90年代,他萌生了出版一本文化专著的想法,不仅收集历史资料,又相继撰写、发表了《中国最早的孟姜女诗刻碑》《明代孟姜女集》等文章,汇集成《孟姜女》一书,2002年由陕西旅游出版社出版,2005年获得了陕西省首届山花奖著作类二等奖。他很重视对铜川孟姜女史料的发掘,1999年11月,他在印台区孟姜女祠发现一通城关居民因老宅拆迁送来的旧碑,经考证,系珍贵的宋代孟姜女诗刻碑,碑名《留题孟姜遗庙》,碑立于北宋嘉祐三年(1058)上元节后一日。消息发布后,全国数十家新闻媒体转载,并在网上广泛传播。之后他还根据在陕西省图书馆发现的元代哭泉史料撰写了《新发现的元代哭泉孟姜女史料——兼论元代孟姜女传说史料》,还为日文版《孟姜女口头传承集》写序,推介并宣传铜川孟姜女传说。

秦凤岗是甘肃临洮人,1969年参加工作到铜川,第二年便开始了对孟姜女传说的发掘及研究工作。1981年1月7日,他在《陕西农民报》发表了《孟姜女的故事》一文,这是"文革"结束后,公开发表的第一篇关于铜川孟姜女传说的文章。从1981年起,他共发表有关孟姜女研究的文章30余篇,其中《孟姜女扳山》(故事)获陕西省文联奖。他出版的书籍有《孟姜女故里传说》、《孟姜女故里研究及考证》、《陕西孟姜女传说》(为连环画编文),还为孟姜女祠撰写碑文及对联,参与孟姜女文化展室创建工作,发起成立孟姜女文化研究会并任会长,2014年被陕西省文化厅认定为陕西省第四批非物质文化遗产项目"孟姜女传说"代表性传承人。

此外,还有贾福义、宋治清、杜发隆、李皓宇等人也在收集、考证孟姜女传说、歌谣,探讨与铜川的关系。宋治清先生是黄堡人,曾任铜川市人大常委会副主任,他认为史书里的"孟姜嫄"就是现在的孟家原,是"念转了音的";李皓宇先生曾经在黄堡一带采写民歌,还专门听和谷先生的九爷唱《孟姜女歌》的曲子。一些文艺工作者还创作了散文、诗歌和音乐作品,例如:1984年,铜川市音乐工作者焦延洲创作民族器乐合奏曲《孟姜女传说遐想曲》,全曲以铜川民歌《孟姜女》为素材,以《丰收之喜》《抓夫》《哭城》三个乐段,描述了一个悲壮而动人的故事,该乐曲在是年铜川文艺会演中获得二等奖；1988年11月，诗人朱文杰的诗集《哭泉》由中国和平出版社出版、发行。

铜川学者们的研究成果，得到了国内著名文史专家的回应。1995年7月，中国民间文艺家协会首席顾问、中国民俗文艺研究会主席贾芝为孟姜女故里孟家原村题词：

"孟姜女千里寻夫，忠贞不屈，敢于反抗封建徭役的残酷迫害与一世暴君，竟悲至泪下如河，哭倒八百里长城。家乡铜川还留下一个哭泉遗址。封建时代的妇女，何其悲壮乃尔！"一个弱女，成为民间传说中反封建主义的倔强女性，是人民评论与创造，是中国妇女的万世光荣！

贾芝在北京接见当时孟家原村党支部书记颜开昌时说："我一直认为孟姜女是陕西铜川人，你们坚持挖掘和整理孟姜女的传说，是弘扬传统文化的好事，我很支持。"原陕西省民间文艺家协会主席、著名词作家和评论家雷达先生曾指出："陕西孟姜女是正宗的。"

同时，研究成果也引起了铜川市领导的重视，这使孟姜女祠的保护和孟姜女故里孟家原的开发建设提上了议事日程。1995年5月，铜川市人民政府组织"十万人游铜川"活动，将孟姜女祠和黄堡镇孟家原村的孟姜女故里列入其中，引来数万人游览。1997年7月，市政府机关刊物《铜川经济社会研究》出版《孟姜女专号》，刊登孟姜女传说故事、史料和有关研究文章，当时的市政府主要领导称赞说，此举"是对铜川民间文学的发掘整理，对传说学亦有贡献"。同月下旬，《铜川市志》出版发行，该书《艺文志》设"孟姜女诗文"章，收录铜川孟姜女传说诗文。2015年6月13日，由王益区人民政府和铜川市民间文艺家协会主办、铜川孟姜女文化旅游产业发展有限公司承办的陕西孟姜女文化研讨会在王益区召开，10多位专家发言，围绕挖掘孟姜女文化内涵、打造孟姜女文化品牌、宣传造势孟家原孟姜女故里、开发建设孟家原孟姜女故里景区等，提出了多项建议和意见，引起了王益区政府的高度重视。

孟姜女文化的传承和故里开发

更为可喜的是，从2014年起，孟姜女文化的传承和故里开发建设真正拉开了帷幕。

2014年7月，铜川市王益区申报的"孟姜女传说"入选陕西省第四批非物质文化遗产项目；同年9月3日，秦凤岗被认定为"孟姜女传说"代表性传承人。

2015年，王益区完成了孟姜女故里规划。2016年，王益区政府工作报告提出要依托"耀州瓷""孟姜女"两大文化品牌，大力发展文化旅游产业，把"重点开发孟姜女故里"纳入其中，推进孟姜女故里景区开发，打造秦凤小镇，采用PPP（公私合力）模式开工建设黄环旅游公路，实施孟姜女文化"四个一"（一套丛书、一部纪录片、一部舞剧、一部动漫）精品工程，在突破发展旅游产业中打造"三产"新的增长点。

孟姜女故里的开发建设，也纳入了铜川市旅游业发展的全盘规划之中。2016年的市政府工作报告提出要"按照国家A级景区标准，抓好孟姜女故里旅游发展，打响特色品牌"。

如此，打响孟姜女文化品牌，大有希望！让孟姜女传说故事从铜川走出去，大有希望！

孟姜女故事研究

顾颉刚

孟姜女故事的转变[①]

孟姜女的故事,论其年代已经流传了2500年,按其地域几乎传遍了中国本部,实在是一个极有力的故事。可惜一般学者只注意于朝章国故而绝不注意于民间的传说,以致失去了许多好的材料。但材料虽失去了许多,至于古今传说的系统却尚未泯灭,我们还可以在断编残简之中把它的系统搜寻出来。

孟姜女即《左传》上的"杞梁之妻",这是容易知道的,因为杞梁之妻哭夫崩城屡见于汉人的记载,而孟姜之夫"范希郎"的一个名字还保存得"杞梁"二字的声音,这个考定可说是没有疑义,于是我们就从《左传》上寻起。

《左传·襄公二十三年》云:

齐侯(齐庄公)还自晋,不入。遂袭莒,门于且于,伤股而退。明日,将复战,期于寿舒。杞殖、华还载甲,夜入且于之隧,宿于

[①] 顾颉刚:《孟姜女故事研究及其他》,商务印书馆,2014年第1版,第3页。本文原载《歌谣周刊》第69号。

莒郊。明日,先遇莒子于蒲侯氏。莒子重赂之,使无死,曰:"请有盟!"华周对曰:"贪货弃命,亦君所恶也。昏而受命,日未中而弃之,何以事君!"莒子亲鼓之,从而伐之,获杞梁。莒人行成。

齐侯归,遇杞梁之妻于郊,使吊之。辞曰:"殖之有罪,何辱命焉!若免于罪,犹有先人之敝庐在,下妾不得与郊吊!"齐侯吊诸其室。

这是说,齐侯打莒国,杞梁、华周(即杞殖、华还,当是一名一字)作先锋,杞梁被打死了。齐侯回去时,在郊外遇见他的妻子,向她吊唁,她不以郊吊为然,说道:"若杞梁有罪,也不必吊;倘使没有罪,他还有家咧,我不应该在郊外受你的吊。"齐侯听了她的话,便到他的家里去吊了。在这一节上,我们只看见杞梁之妻是一个谨守礼法的人,她虽在哀痛的时候,仍能以礼处事,神智不乱,这是使人钦敬的。至于她在夫死之后如何哀伤,《左传》上一点没有记出。她何以到了郊外,是不是去迎接她的丈夫的灵柩,《左传》上也没有说明。华周有没有和杞梁同死,在《左传》上也看不出来。

这是公元前549年的事。从此以后,这事就成了一件故事,这件故事在当时如何扩张、如何转变,可惜我们现在已经无从知道。

过了200年,到战国的中期,有《檀弓》一书(今在《小戴礼记》中,大约是孔子的三四传弟子所记)出世。这书上所记曾子的说话中也提着这一段事:

哀公使人吊蒉尚,遇诸道,辟于路,画宫而受吊焉。

曾子曰:"蒉尚不如杞梁之妻之知礼也!齐庄公袭莒于夺(夺

即隧），杞梁死焉。其妻迎其柩于路而哭之哀。庄公使人吊之。对曰：'君之臣不免于罪，则将肆诸市朝而妻妾执。君之臣免于罪，则有先人之敝庐在，君无所辱命！'"

这一段话较《左传》所记的没有什么大变动，只增加了"其妻迎其柩于路而哭之哀"一语。但这一语是极可注意的。它说明她到郊外为的是迎柩，在迎柩的时候哭得很哀伤。《左传》上说的单是礼法，这书上就涂上感情的色彩了。这是很重要的一变，古今无数孟姜女的故事都是在这"哭之哀"的三个字上转出来的。

比《檀弓》稍后的记载，是《孟子》上记的淳于髡的话：

淳于髡曰："……昔者王豹处于淇，而河西善讴；绵驹处于高唐，而齐右善歌；华周、杞梁之妻善哭其夫而变国俗。有诸内，必形诸外。为其事而无其功者，髡未尝睹之……"（《告子下》）

这一段，使得我们知道齐国人都喜欢学杞梁之妻（华周之妻，或在那时的故事中亦是一个善哭的人，或"华周"二字只是牵连及之，均不可知；但在这件故事中无关重要，我们可以不管）的哭调，成了一时的风气；又使得我们知道杞梁之妻的哭，与王豹的讴、绵驹的歌处于同等的地位，一样的流行。我们从此可以窥见这件故事所以能够流传的缘故，齐国歌唱的风气确是一个有力的帮助。

于是我们去寻战国时歌唱中哭调的记载，看除了杞梁之妻外，再有何人以此擅名的。现在已得到的，是以下数条：

雍门子以哭见于孟尝君。已而陈辞通意，抚心发声，孟尝君为之增欷歔唈，流涕狼戾不可止。(《淮南子·览冥训》)

韩娥、秦青、薛谈之讴，侯同曼声之歌，愤于志，积于内，盈而发音，则莫不比于律而和于人心。(《淮南子·氾论训》)

薛谭学讴于秦青，未穷青之技，自谓尽之，遂辞归，秦青弗止，饯于郊衢，抚节悲歌，声振林木，响遏行云。薛谭乃谢求反，终身不敢言归。秦青顾谓其友曰："昔韩娥东之齐，匮粮，过雍门，鬻歌假食，既去而余音绕梁栖，三日不绝，左右以其人弗去。过逆旅，逆旅人辱之。韩娥因曼声哀哭。一里（一本作十里）老幼悲愁，垂涕相对，三日不食。遽而追之。娥还，复为曼声长歌。一里老幼喜跃抃舞，弗能自禁，忘向之悲也。乃厚赂发之。故雍门之人至今善歌哭，放娥之遗声。"（《列子·汤问篇》。《列子》一书虽伪，但它原是集合战国时诸书而成，故此条可信为战国的记载。）

这三段中，都很明白地给予我们"齐人善唱哭调"的史实。雍门，高诱、杜预都说是齐城门。雍门的人既因韩娥而善哭，雍门子周（依《说苑》名周）又以善哭有名，可见齐都城中哭的风气的普遍。秦青、薛谭之讴，淮南既说其"愤于志，积于内"，薛谭的学讴又因秦青的"抚节悲歌"而不归，又可见他们所作的歌讴也多带有愤悱悲哀的风味的。用现在的歌唱来看，悲歌哀哭秦腔为最。秦腔中用"哭头"（唱前哭的一呼，不用音乐的辅助）处极多，凄清高厉，声随泪下，足使听客唏嘘不欢。齐国中既通行一种哭调，而淳于髡又说这种哭调是因杞梁之妻的善哭其夫而相习以成风气的，那么，我们可以怀疑这话的"倒果为因"了。杞梁之妻在夫亡之后，《左传》上绝没有说到她哭，绝没有提到她悲伤，而战国时的书上忽有她"哭之哀"的记载，忽有她"善哭而变国俗"的记载，而战国时正风行着这种哭调，又正有韩娥、秦青、雍门周一班善唱哭调的歌曲家出来，这岂不是杞梁之妻的哭调中有韩娥、秦青、雍门周的成分在内吗？又岂不是杞梁之妻的故事中所加增的哀哭一段事是战国时音乐界风气的反映吗？《淮南子·修务训》云：

邯郸师有出新曲者，托之李奇，诸人皆争学之。后知其非也，而皆弃其曲。

邯郸师为什么要这样呢？《修务训》在前面说明道：

世俗之人多尊古而贱今，故为道者必托之于神农、黄帝而后能入说。乱世暗主，高远其所从来，因而贵之。为学者蔽于论而尊其所闻，相与危坐而称之，正领而诵之。

读此，可知音乐界的"托古改制"，与政治界原无二致，为的是要引人注意，受人的尊敬。所以杞梁之妻的哭和她哭的变俗，很有出于韩娥一辈人所为的可能。即便不是韩娥一辈人所托，也尽有听者把他们的哭调与杞梁之妻的故事混合为一的可能。何以故？歌者和听者对于杞梁之妻的观念，原即是世主和学者对于神农、黄帝的观念。

用了这个眼光去看战国和西汉人对于杞梁之妻的赞歌和称述，没有不准的；上文所举的两段战国时的话——"哭之哀"和"善哭而变国俗"——不用说了，我们再去看西汉人的说话。

《韩诗外传》的作者韩婴，是西汉文景时人，《外传》上（卷六）引淳于髡的话，作：

杞梁之妻悲哭，而人称咏。

"称咏"即是歌吟。这是说把她的悲哭作为歌吟。

《文选》所录古诗十九首中的第五首，《玉台新咏》（卷一）归入枚乘《杂诗》第一首。枚乘亦是西汉文景时人。诗云：

西北有高楼，上与浮云齐。
交疏结绮窗，阿阁三重阶。
上有弦歌声，音响一何悲？
谁能为此曲，无乃杞梁妻。
清商随风发，中曲正徘徊。
一弹再三叹，慷慨有余哀。
不惜歌者苦，但伤知音稀。
愿为双鸣鹤，奋翅起高飞！

这是写一个路人听着高楼上的弦歌声而凝想道："哪一位能唱出这样悲伤慷慨的歌呢？恐怕是杞梁之妻吧？"他叙述这歌声道："清商随风发""慷慨有余哀"，可见这种歌声是很激越的；又说

"中曲正徘徊""一弹再三叹"（叹，是和声），可见这种歌声很缓慢，羡声很多的，与"曼声哀哭"的韩娥之声如出一辙。

王褒是西汉宣帝时人。他的《洞箫赋》（《文选》卷十七）这样形容箫声的美妙：

钟期、牙、旷怅然而愕立兮；杞梁之妻不能为其气！

钟子期、伯牙、师旷是丝乐方面著名的人，杞梁之妻是歌曲方面著名的人。他形容箫声的美，说它甚至使得钟子期等愕立而不敢奏，杞梁之妻失气而不敢歌。在此，可见杞梁之妻的歌是以"气"擅长的，这亦即是"曼声"之义。曼声，是引声长吟；长吟必须气足，故云"为其气"。10年前，我曾见秦腔女伶小香水的戏，她擅长哭头，有一次演《烧骨记》，一个哭头竟延长至四五分钟，高亢处如潮涌，细沉处如泉滴，把怨愤之情不停地吐出，愈久愈紧练，愈紧练愈悲哀，不但歌者须善于运气，听者的吸息亦随着她的歌声在胸膈间荡转而不得吐。现在用来想象那时的杞梁妻的歌曲，觉得甚是亲切。

所以杞梁之妻的故事的中心，在战国以前是不受郊吊，在西汉以前是悲歌哀哭。

在西汉的后期，这个故事的中心又从悲歌而变为"崩城"了。

第一个叙述崩城的事的人，就现在所知的是刘向，他在《说苑》里说：

杞梁华舟……进斗，杀二十七人而死。其妻闻之而哭，城为之

陁,而隅为之崩。(《立节篇》)

昔华舟杞梁战而死,其妻悲之,向城而哭,隅为之崩,城为之陁。(《善说篇》)

叙述得较详细的,是他的《列女传》(卷四《贞顺传》)。这书里说:

庄公袭莒,殖战而死。庄公归,遇其妻,使使者吊之于路。杞梁妻曰:"今殖有罪,君何辱命焉!若令殖免于罪,则贱妾有先人之弊庐在,下妾不得与郊吊!"于是庄公乃还车诣其室,成礼,然后去。

杞梁之妻无子,内外皆无五属之亲。既无所归,乃就(一本作枕)其夫之尸于城下而哭之。内诚感人,道路过者莫不为之挥涕。十日(一本作七日),而城为之崩。既葬,曰:"吾何归矣!夫妇人必有所倚者也:父在则倚父,夫在则倚夫,子在则倚子。今吾上则无父,中则无夫,下则无子,内无所依以见吾诚,外无所依以立吾节,吾岂能更二哉!亦死而已!"遂赴淄水而死。

君子谓杞梁之妻贞而知礼。诗云:"我心伤悲,聊与子同归。"

下面颂她道:

杞梁战死,其妻收丧。
齐庄道吊,避不敢当。
哭夫于城,城为之崩。

自以无亲，赴淄而薨。

其实刘向把《左传》做上半篇，把当时的传说做下半篇，二者合而为一，颇为不伦。因为春秋时智识阶级的所以赞美她，原以郊外非行礼之地，她能却非礼的吊，足见她是一个很知礼的人；现在说她"就其夫之尸于城下而哭"，难道城下倒是行礼的地方吗？一哭哭了十天，以至城崩身死，这更是礼法所许的吗？礼本来是节制人情的东西，它为贤者抑减其情，为不肖者兴起其情，使得没有过与不及的弊病，所以《檀弓》中说道：

弁人有其母死而孺子泣者。孔子曰："哀则哀矣……而难为继也。……夫礼，为可传也，为可继也。故哭踊有节。"（《檀弓》上）
子游曰："……有直情而迳行者，戎狄之道也。礼道则不然。"（《檀弓》下）
孔子恶野哭者（《檀弓》上）。郑玄注："为其变介。《周礼》：衔枚氏'掌禁野叫呼叹呼于国中者、行歌哭于国中之道者'。"陈皓注："郊野之际，道路之间，哭非其地，又且仓卒行之，使人疑骇，故恶之也。"

由此看来，杞梁之妻不但哭踊无节，纵情火性，为戎狄之道而非可继之礼，并且在野中叫呼，使人疑骇，为孔子所恶而衔枚所禁。她既失礼，又犯法，岂非和"知礼"二字差得太远！况且中国之礼素严男女之防，非惟防着一班不相干的男女，亦且防着夫妇。所以在礼上，寡妇不得夜哭，为的是犯"思情性"（性欲）的嫌疑。

鲁国的敬姜是春秋战国时人都称为知礼的，试看她的行事：

穆伯（敬姜夫）之丧，敬姜昼哭；文伯（敬姜子）之丧，昼夜哭（《国语》作暮哭）。孔子曰："知礼矣！"（陈注："哭夫以礼，哭子以情，中节矣。"）

父伯之丧，敬姜据其床而不哭，曰："……今及其死也，朋友诸臣未有出涕者，而内人（妻妾）皆行哭失声。斯子也，必多旷于礼矣夫！"（以上《檀弓》下）

公父文伯卒，其母戒其妾曰："吾闻之，'好内，女死之'。……今吾子夭死，吾恶其以好内闻也。二三妇……请无瘠色，无洵涕，无搯膺，无忧容……是昭吾子也！"仲尼闻之曰："……公父氏之妇智也夫！欲明其子之令德。"（《国语·鲁语》下）

由此看来，杞梁之妻不但自己犯了"思情性"的嫌疑，并且足以彰明其丈夫的"好内"与"旷礼"，将为敬姜所痛恨而孔子所羞称。这样的妇人，到处犯着礼法的愆尤，如何配得列在"贞顺"之中？如何反被《檀弓》表彰了？我们在这里，应当说一句公道话：这崩城和投水的故事，是没有受过礼法熏陶的"齐东野人"（淄水在齐东）想象出来的杞梁之妻的悲哀，和神灵对于她表示的奇迹，刘向误听了"野人"的故事，遂至误收在"君子"的《列女传》。但他虽误听误收，而能使得我们知道西汉时即有这种的传说，这是应当对他表示感谢的。

从此以后，大家一说到杞梁之妻，总是说她哭夫崩城，把"却郊吊"一事竟忘记了——这本是讲究礼法的君子所重的，和野人有什么相干呢!

王充是东汉初年的一个大怀疑家,他喜欢用理智去打破神话。他根本不信有崩城的事,所以他在《论衡·感虚篇》中驳道:

传书言:杞梁氏之妻向城而哭,城为之崩。此言杞梁从军不还,其妻痛之,向城而哭,至诚悲痛,精气动城,故城为之崩也。夫言向城而哭者,实也;城为之崩者,虚也。夫人哭悲莫过雍门子,雍门子哭对孟尝君,孟尝君为之于邑。盖哭之精诚,故对向之者凄怆感动也。夫雍门子能动孟尝之心,不能感孟尝衣者,衣不知恻怛,不以人心相关通也。今城,土也,土犹衣也,无心腹之藏,安能为悲哭感恸而崩!使至诚之声能动城土,则其对林木哭,能折草破木乎?向水火而泣,能涌水灭火乎?夫草木水火与土无异,然杞梁之妻不能崩城,明矣。或时城适自崩,杞梁妻适哭下,世好虚,不原其实,故崩城之名,至今不灭。

他不以故事的眼光看故事,而以实事的眼光看故事,他知道"城为之崩"是虚,而不知道他所认为实事的"向城而哭"亦即由崩城而来,这不能不说是他的错误。至于"城适自崩,杞梁妻适哭下",欲为理性的解释,反而见其多事。但我们在这里,也可知道一点传说流行,大家倾信的状况。(《变动篇》中也有驳诘的话,不复举。)

东汉的末年,蔡邕推原琴曲的本事,著有《琴操》一书,这书中(卷下)载着一段"芑(即杞)梁妻叹"的故事。《芑梁妻叹》是琴曲名,是琴师作曲以状杞梁之妻的叹声的,但他竟说是杞梁之妻自作的了。原文如下：

《芑梁妻叹》者，齐邑芑梁殖之妻所作也。庄公袭莒，殖战而死。妻叹曰："上则无父，中则无夫，下则无子，外无所依，内无所倚，将何以立！吾节岂能更二哉？亦死而已矣！"于是乃援琴而鼓之曰：
乐莫乐兮新相知！
悲莫悲兮生别离！
哀感皇天城为堕！
曲终，遂自投淄水而死。

这一段故事虽是和《列女传》所记差不多，但有很奇怪的地方。她死了丈夫不哭，反去鼓琴，有类于庄子的妻死鼓盆而歌。歌凡三句：上二句是《楚辞·九歌·少司命》一章中语，似乎和他们夫妇的事实不切；下一句是自己说"我的哀可以感动皇天，使城倒堕"，堕城只是口中所唱之词。歌曲一完，她就投水死了，也没有十日或七日的话。把它和《列女传》相较，觉得《列女传》的杞梁妻太过费力，而《琴操》的杞梁妻则太过飘逸了。

自东汉末以至六朝末，这400余年之中，这件故事的中心——崩城——没有什么改变，看以下诸语可见：

邹衍匹夫，杞氏匹妇，尚有城崩霜陨之异。（《后汉书》卷五十七《刘瑜传》）
臣伏以为犬马之诚不能动人，譬人之诚不能动天。崩城陨霜，

臣初信之；以臣心况，徒虚语耳。(《文选》卷三十七曹植《求通亲亲表》)

贞夫沦莒役，杜吊结齐君。惊心眩白日，长洲崩秋云。精微贯穹旻，高城为隤坟。(《乐府诗集》卷七十三宋吴迈远《杞梁妻》)

以前只是说崩城，到底崩的是哪地方的城，还没有提起过。西晋崔豹的《古今注》（卷中）首说是杞都城。

《杞梁妻》，杞植妻妹明月之所作也。杞植战死，妻叹曰："上则无父，中则无夫，下则无子，生人之苦至矣！"乃抗声长哭，杞都城感之而颓，遂投水而死。其妹悲其姊之贞操，乃为作歌，名曰《杞梁妻》焉。

这一段又忽然跑出一个妻妹明月来作曲（这或因夫死不应鼓琴之故），与蔡邕《琴操》说不同，暂且不论。最奇怪的，是"杞都城感之而颓"。杞梁只是姓杞，并非杞君，他和都城有什么相关？况杞国在今河南开封道中间的杞县，莒国在今山东济宁道东北的莒县，两处相去千里，何以会得杞梁战死于莒国而其妻哭倒了杞城？这分明是杞地的人要拉拢杞梁夫妇做他们的同乡先哲，所以立出这个异说。

在北魏郦道元的《水经注》（卷二十六"沭水"条莒县）中，却说所崩的城是莒城：

沭水……东南过莒县东。……《列女传》曰："……妻乃哭于城下，七日而城崩。"故《琴操》云"……哀感皇天，城为之坠",即是城也。其城三重,并悉崇峻;惟南开一门,内城方十二里,郭周四十余里。

杞梁之妻所哭倒的,无论是东汉人没有指实的城,或是崔豹说的杞城,还是郦道元所写的莒城,总之在中国的中部,不离乎齐国的附近。杞梁夫妇的事实,无论如何改变,他们也总是春秋时的人、齐国的臣民。谁知到了唐朝,这个故事竟大变了!最早见的,是唐末诗僧贯休的《杞梁妻》:

> 秦之无道兮四海枯,
> 筑长城兮遮北胡。
> 筑人筑土一万里,
> 杞梁贞妇啼呜呜。
> 上无父兮中无夫,
> 下无子兮孤复孤。
> 一号城崩塞色苦,
> 再号杞梁骨出土。
> 疲魂饥魄相逐归,
> 陌上少年莫相非![1]

这诗有三点可以惊人的:
(1)杞梁是秦朝人。

---

[1] 见《乐府诗集》卷七十三,尚未检他的《禅月集》。——原注

（2）秦筑长城，连人筑在里头，杞梁也是被筑的一个。

（3）杞梁之妻一号而城崩，再号而其夫的骸骨出土。

这首诗是这件故事的一个大关键。它是总结"春秋时死于战事的杞梁"的种种传说，而另开"秦时死于筑城的范郎"的种种传说的。从此以后，长城与他们夫妇就结成了不解之缘了。

这件故事所以会得如此转变，当然有很复杂的原因在内。就我所推测得到的而言，这原因至少有两种：一是乐府中《饮马长城窟行》与《杞梁妻歌》的合流；一是唐代的时势的反映。

《饮马长城窟行》最早的一首（即"青青河畔草，绵绵思远道"之篇），《文选》上说是古辞，《玉台新咏》说是蔡邕所作。此说虽未能考定，但看《乐府诗集》（卷三十八）此题下所录诗有魏文帝、陈琳……直至唐末十六家的作品，便可知道这种曲调是三国六朝以至唐代一直流行的。他们所咏的大概分两派，雄壮的是杀敌凯还，悲苦的是筑城惨死。建筑长城的劳苦伤民，虽战国秦汉间的民众作品并无流传，但这原是想象得到的。（《水经注》引杨泉《物理论》云："秦筑长城，死者相属，民歌曰：'生男慎勿举……'其冤痛如此。"杨泉是晋代人，这四句歌恐即由陈琳诗传讹，故不举。）三国时陈琳所作，即属于悲苦的方面。诗云：

饮马长城窟，水寒伤马骨。

……

长城何连连，连连三千里。

边城多健少，内舍多寡妇。

作书与内舍，"便嫁莫留住！

善事新姑嫜，时时念我故夫子！"
报书往边地，"君今出语一何鄙！
身在祸难中，何为稽留他家子！
生男慎莫举，生女哺用脯。
君独不见长城下，死人骸骨相撑拄！
结发行事君，慊慊心意关。
明知边地苦，贱妾何能久自全！"

这说的是夫妇惨别之情，虽没有说出人名，但颇有成为故事的趋势。唐代王翰作此曲，其下半篇云：

回来饮马长城窟，长城道傍多白骨。
问之耆老何代人，云是秦王筑城卒。
黄昏塞北无人烟，鬼哭啾啾声沸天。
无罪见诛功不赏，孤魂流落此城边。

这把长城下的白骨，指明是秦王的筑城卒了。《乐府诗集》又有僧子兰一诗，子兰不知何时人，看集上把他放在王建之后，或是晚唐人。诗云：

游客长城下，饮马长城窟。
马嘶闻水腥，为浸征人骨。
岂不是流泉，终不成潺湲。
洗尽骨上土，不洗骨中冤。

骨若不流水，四海有还魂。

空流呜咽声，声中疑是言。

这更是把陈琳的"君独不见长城下，死人骸骨相撑拄"一语发挥尽致。拿这几篇与贯休的《杞梁妻》合看，真分不出是两件事了。它们为什么会得这般的接近？只因古时的乐府，原即现在的歌剧，流传既广，自然容易变迁。《饮马长城窟行》本无指实的人，恰好杞梁之妻有崩城的传说，所以就使她做了"贱妾何能久自全"的寡妇，来一吐"鬼哭啾啾声沸天"的怨气。于是这两种歌曲中的故事就合流而成一系了。

唐代的时势怎样呢？那时的武功是号为极盛的，太宗、高宗、玄宗三朝，东伐高丽、新罗，西征吐蕃、突厥，又在边境设置十节度使，带了重兵，垦种荒田，防御外番，兵士终年勋劳于外，他们的悲伤，看杜甫的《兵车行》《新婚别》诸诗均可见。他们离家之后，他们的夫人所度的岁月，自然更是难受。他们魂梦中系恋着的，或是在玉门关，或是在辽阳，或是在渔阳，或是在黄龙，或是在马邑、龙堆，反正都是在这延亘数千里的长城一带。长城这件东西，从种族和国家看来固然是一个重镇，但闺中少妇的怨愤所归，她们看着便与妖孽无殊，谁人是逞了自己的野心而造长城的？大家知道是秦始皇。谁人是为了丈夫惨死的悲哀而哭倒城的？大家知道是杞梁之妻，这两件故事由联想而并合，就成为"杞梁妻哭倒秦始皇的长城"。于是杞梁遂非做了秦朝人而去造长城不可了！她们再想，杞梁妻何以要在长城下哭呢？长城何以为她倒掉呢？这一定是杞梁被秦始皇筑在长城之下，必须由她哭倒了城，白骨才能出土。于是遂有"筑人筑土一万里""再号杞梁骨出土"的话流传出来了！她们大概有一口哭倒长城的怨气。大家想借着杞梁之妻的故事来消自己的块垒，所以杞梁之妻就成为一个"丈夫远征不归的悲哀"的结晶体。

在这等征战和徭役不息的时势之中，所有的故事经着那时人的感情的渲染和涂饰，都容易倾向这一方面。我们再可以寻出一个卢莫愁，做杞梁之妻的故事的旁证。

莫愁，是六朝诗人中的一个欢乐的女子，这个意义单看她的名字已甚明白。《玉台新咏》（卷九）载歌词一首（《乐府诗集》作梁武帝《河中之水歌》）云：

> 河中之水向东流，洛阳女儿名莫愁。
> 莫愁十三能织绮，十四采桑南陌头；
> 十五嫁为卢家妇，十六生子字阿侯。
> 卢家兰室桂为梁，中有郁金苏合香。
> 头上金钗十二行，足下丝履五文章。
> 珊瑚挂镜烂生光，平头奴子擎履箱。
> 人生富贵何所望，恨不早嫁东家王！

这写得莫愁的生活豪华极了，福气极了。但试看唐代沈佺期的《古意》：

> 卢家少妇郁金堂，海燕双栖玳瑁梁。
> 九月寒砧催木叶，十年征戍忆辽阳。

白狼河北音书断，丹凤城南秋夜长。
　　谁谓含愁独不见，更教明月照流黄？

　　照这样说，她便富贵的分数少，而边思闺怨的分数多了。"莫愁"当可变成"多愁"，何况久已负了悲哭盛名的杞梁之妻呢！
　　所以从此以后，杞梁妻故事的中心就从哭夫崩城变而为"旷妇怀征夫"。
　　较贯休时代稍后的马缟（五代后唐时人），他作的《中华古今注》是对崔豹《古今注》的补充。他的书不过推广崔书，凡原来所有的几乎一个字也没有改，所以他的"杞梁妻"一条（卷下）也因袭着崔书。但即使因袭，终究因时代的不同、传说的鼓荡而生出一点改变。他道：

　　杞梁妻歌，杞梁妻妹朝日之作也。杞植战死，妻曰："上无考，中无夫，下无子，人之苦至矣！"乃抗声长哭。长城感之，颓。遂投水而死。其妹悲姊之贤贞操，乃为作歌，名曰《杞梁妻贤》。……

　　这和崔豹书有三点不同：
　　（1）杞梁妻妹的名字由"明月"改作"朝日"了。
　　（2）歌名不曰《杞梁妻》而曰《杞梁妻贤》（这"贤"字或系"焉"字之误）。
　　（3）哭倒的城不曰"杞都城"而曰"长城"。
　　妹名和歌名不必计较，城名则甚可注意。杞梁之妻哭夫于莒齐之间，杞城感之而倒已是可怪，怎么隔了两千里的长城又会闻风而兴起呢？杞梁战死的时候，不但秦无长城，即齐国和其他各国也没有长城。怎么因了她的哭而把未造的城先倒掉了呢？我们在此，可以知道杞梁之妻哭倒长城，是唐以后一致的传说，这传说的势力已经超过了经典，所以对于经典的错迕也顾不得了。

北宋一代，她的故事的样式如何，现在尚没有发现材料，无从知道。南宋初，郑樵在他的《通志·乐略》中曾经论到这事。他道：

《琴操》所言者，何尝有是事！琴工之始也，有声无辞，但善音之人欲写其幽怀隐思而无所凭依，故取古之人悲忧不遇之事而以命操，或有其人而无其事，或有其事而非其人，或得古人之影响从而滋蔓之。君子之所取者但取其声而已。……又如稗官之流，其理只在唇舌间，而其事亦有记载。虞舜之父，杞梁之妻，于经传所言者不过数十言耳，彼则演成万千言……。顾彼亦岂欲为此诬罔之事乎！正为彼之意向如此，不说无以畅其胸中也。

这真是一个极闳通的见解，古今来很少有人把这样正当的眼光去看歌曲和故事的。可惜"演成万千言"的"杞梁之妻"今已失传，否则必可把唐代妇人的怨思悲愤之情从"畅其胸中"的稗官的口里留得一点。

较《通志》稍后出的是《孟子疏》，《孟子疏》虽署着北宋孙奭的名字，但经朱熹的证明，这是一个邵武士人作了而假托于孙奭的，这人正和朱熹同时。他的书非常浅陋，有许多通常的典故也都未能解出，却敢把流行的传说写在里面，冒称出于《史记》。如《离娄篇》"西子蒙不洁"章，他疏云：

案《史记》云:"西施每入市,人愿见者先输金钱一文。"

这便是《史记》上所没有的。这样著书,在学问上真是不值一笑,但在故事的记载上使得我们知道宋代时对于西施曾有这样的一个传说。看这个传说中的西施正和现在到上海大世界看"出角仙人"一样,这是非常可贵的。他能如此说西施,便能如此说杞梁之妻。所以他说:

或云,齐庄公袭莒,战而死。其妻孟姜向城而哭,城为之崩。

杞梁之妻的大名到这时方才出现了,她是名孟姜!这是以前的许多书上完全没有提起过的。自此以后,这二字就为知识阶级所承认,大家不称她为"杞梁之妻"而称她为"孟姜"了。

"孟姜"二字怎么样出来,这也是值得去研究的。周代时妇人的名字,大都把姓放在底下,把排行或谥法放在上面。如"孟子""季姬",便是排行连姓的;如"庄姜""敬嬴",便是谥法连姓的。"孟姜"二字,孟是排行,姜是齐女的姓,译作现在的白话,便是"姜大姑娘"。这确是周代人当时惯用的名字,为什么到了南宋才始由民众的传说中发现出来?

在《诗经》的《鄘风·桑中》篇,有以下的一章:

爰采唐矣,沬之乡矣。

云谁之思?美孟姜矣。

期我乎桑中，要我乎上宫，送我乎淇之上矣。

又《郑风·有女同车》篇二章中，也都说到孟姜：

有女同车，颜如舜华。
将翱将翔，佩玉琼琚。
彼美孟姜，洵美且都！

有女同行，颜如舜英。
将翱将翔，佩玉将将。
彼美孟姜，德音不忘！

姚际恒在《诗经通论》（卷五）里解释道：

是必当时齐国有长女美而贤，故诗人多以孟姜称之耳。

这话甚为可信。依他的解释，当时齐国必有一女子，名唤孟姜，生得十分美貌。因为她的美的名望大了，所以私名变成了通名，凡是美女都被称为"孟姜"。正如西施是一个私名，但因为她极美，足为一切美女的代表，所以这二字就成为美女的通名。（现在烟店里的美女唤作烟店西施；豆腐店里的美女，唤作豆腐西施——江浙一带如此，未知他处然否。）又嫌但言孟姜，她的美还不显明，故在上面再加一个"美"字，唤作"美孟姜"。如此，则"美孟姜"即为美女之意更明白了。孟姜本为齐女之名，但《鄘风》也有，《郑风》也有，可见此名在春秋时已传播得很远。以后此二字虽不见于经典，但是诗歌中还露出一点继续行用的端倪。如汉诗《陇西行》（《玉台新咏》卷一）云：

　　好妇出迎客，颜色正敷愉。……娶妇得如此，齐姜亦不如！

又曹植《妾薄命行》（《玉台新咏》卷九）云：

　　御巾挹粉君傍，中有霍纳都梁，鸡舌五味杂香。进者何人？齐姜，恩重爱深难忘。

　　可见在汉魏的乐府中，"齐姜"一名又成了好妇美女的通名，则"孟姜"二字在秦汉以后民众社会的歌谣与故事中继续行用，亦事之常。杞梁是齐人，他的妻又是一个有名的女子（有名的女子必有被想象为美女的可能性）。后人用了"孟姜"一名来称杞梁之妻，也很是近情。这个名字，周以后潜匿在民众社会中者若干年；直到宋代，才给智识阶级承认而重见于经典。孟姜成了杞梁之妻的姓名，于是通名又回复到私名了。

孟姜女故事历史的系统[1]

1. 此故事最早见的是《左传》。襄公二十三年（前550），齐将杞梁在莒国战死，齐侯回来，在郊中遇见杞梁之妻，使吊之。她以为郊中不是吊丧的地方，把他却去，因此齐侯到她的家里吊了。在这一段记载里，只见得她是一个知礼的妇人。还有和杞梁同战的华还结果如何，书上没有记载。

2. 次见的是《檀弓》。它引曾子的话道："杞梁死焉。其妻迎其柩于路而哭之哀。"这是说明她遇见齐侯为的是迎柩；"哭之哀"三字又涂上了感情的色彩了。

3. 再次是《孟子》上淳于髡的话。他道："王豹处于淇，而河西善讴；绵驹处于高唐，而齐右善歌；华周、杞梁之妻善哭其夫，而变国俗。"他把杞梁妻的哭和王豹、绵驹的歌讴同举，并说因她的哭夫而变了国俗，可见齐国唱她的哭调的风气是很盛行的。据战国时的记载，雍门周以哭见孟尝君，孟尝君为之流涕狼戾；韩娥过雍门，曼声哀哭，一里老幼悲愁，其后雍门人善放娥之遗声，可见齐都中人的好唱哭调原是战国时的风气。所以我们可以怀疑淳于髡这话是倒果为因的：因为齐国有此风气，所以成了杞梁之妻的哭；她的哭中原有韩娥们的成分，她的故事中加入的哀哭一段事原是战国时音乐界风气的反映。

4. 在西汉时，她的故事依然向着这方面发展。枚乘《杂诗》

---

[1] 本文为《孟姜女研究》之第一部分，见顾颉刚：《孟姜女故事研究及其他》，商务印书馆，2014年第1版，第60页。

说:"上有弦歌声,音响一何悲?谁能为此曲,无乃杞梁妻?"王褒《洞箫赋》形容箫声的妙,说:"钟期、牙、旷怅然而愕立兮;杞梁之妻不能为其气!"

5. 到西汉的后期,这个故事的中心忽从悲歌而变为崩城。刘向在《说苑》及《列女传》中都说她在夫死后向城而哭,城为之崩;《列女传》中并说她因无人可靠,赴淄水而死。这样的任性之行,和却郊吊的知礼的态度大不相同,刘向采入书中,可见"齐东野人"的传说的力量胜过了经典中的记载。

6. 她哭崩之城的所在,东汉初年王充《论衡》里首说是杞国城,并说给她哭崩了五丈(《变动篇》)。梁死时,杞国当建都在缘陵(今山东昌乐县),离临淄很近,从莒到齐可以经过,这说如当实事看也说得通。顺从这一说的,有东汉邯郸淳说的"杞崩城隅"(《曹娥碑》),西晋时崔豹说的"杞都城感之而颓"(《古今注》)。

7. 三国时,她的故事忽然出了一个非常可怪之论。曹植在《黄初六年令》中说"杞妻哭梁,山为之崩",又于《精微篇》中说"杞妻哭死夫,梁山为之倾",可见那时有她哭崩梁山的传说。这种传说在王充时还没有,所以他驳崩城之说时尚说:"哭能崩城,复能坏山乎!"他从大处极力地一驳,哪知不久就从他驳诘的理内中生出了新的传说来了。梁山崩是春秋(成公五年,前586)时的一件大事,当然在山陕间可以构成一种传说。这种传说和杞妻的传说结合,主要的理由固然为了她的哀哭的感天,但一半也因了杞梁的字"梁",与杞梁的氏"杞"而崩杞城一样。这种传说似乎并不普遍(曹植文中既说"崩山陨霜",又说"崩城陨霜"),后来便歌绝了。李白诗中虽有"梁山感杞妻，恸哭为之倾"（《东海有勇妇》）的话，说不定他是沿袭曹植所用的典故。（清《韩城县志》云"孟姜女祠在大崩邨，今废"，或是这件故事的尾声。）

8. 东汉末，蔡邕著的《琴操》有《杞梁妻叹》一曲，这是第一次把她的歌词写出的。歌道："乐莫乐兮新相知！悲莫悲兮生别离！哀感皇天城为堕！"上二句是《楚辞·少司命》中语，下一句是她自己说堕城，都很奇突。此后叙述她的歌曲的，有西晋崔豹《古今注》和五代马缟《中华古今注》。崔豹说此歌是她的妹明月所作，马缟说是她的妹朝日所作。

9. 北魏郦道元在《水经注》中说她哭崩的城是莒城（"沭水"条），这或因《列女传》中有"枕其夫之尸于城下而崩"的话。杞梁既死于莒，其妻也应该到莒去哭，所以由她自己改定的。这句话因为没有传说在背后衬托，所以没有势力；只有明杨仪及清王照圆一班读书人才在《明良记》和《列女传》注中引了。

10. 《同贤记》（不知何人撰，见《琱玉集》引；日本写本《琱玉集》题天平十九年，即唐玄宗天宝六载，可见此书是中唐以前人所作，《同贤记》又在其前）说燕人杞良避始皇筑长城之役，逃入孟超后园；孟超女仲姿浴于池中，仰见之，请为其妻。杞良辞之，她说"女人之体不得再见丈夫"，就告知父亲嫁他。夫妻礼毕，良回住所，主典怒其逃走，打杀之，筑城内。仲姿既知，往向城哭。死人白骨交横，不能辨别，乃刺指血滴白骨，云："若是杞良骨者，血可流入。"沥至良骸，血迳流入！便收归葬之。这个记载相较以前的传说顿然换了一副新面目。第一，它把杞梁改名为良，并且变成了秦朝的燕人而筑长城了；第二，它把杞梁之妻的姓名说出了，是姓孟名仲姿；第三，杞良是避役被捉打杀，筑在长城内的，所以她要向城而哭；第四，筑入长城内的死尸太多，所以她要滴血认骨。这几点都很可注意。孟仲姿的姓名或是从孟姜讹变的，也许孟姜是从孟仲姿讹变的，现在没有证据，未能断定。说杞良为燕人，想因燕近长城之故，或者这一种传说是从燕地起来的。滴血认骨是六朝时盛行的一种信仰，萧综私发齐东昏墓一事是一个证据。至于杞梁筑长城，孟仲姿哭长城，这里面自有复杂的原因。其一，是由于事实上的。隋唐间开边的武功极盛，长城是边疆上的屏障，戍役思家，闺人怀远，长城便是悲哀所集的中心。杞梁妻是以哭大崩城著名的，但哭崩杞城和莒城与当时民众的情感不生什么联系，在他们的情感里非要求她哭崩长城不可。其二，是由于乐曲上的。乐曲里说到城的，大抵是描写筑城士卒的痛苦。如陈琳《饮马长城窟行》说"君独不见长城下，死人骸骨相撑拄"，王翰的诗说"长城道傍多白骨。……云是秦王筑城卒。……鬼哭啾啾声沸天"，张籍《筑城曲》说"千人万人齐抱杵。……军吏执鞭催作迟。……杵声未定人皆死。家家养男当门户，今日作君城下土"都是。在这些歌词中，都有招他们的闺人去痛哭崩城的倾向。杞梁妻既以哭城和崩城著名，自然会请她做这些歌词中的主人，把她的故事变为哭长城而收取了白骨归家了。

11.《文选集注》残卷（日本写本；罗振玉彩印，题为"唐写"。其中引及李善及五臣注，最早亦在中唐以后）曹植《求通亲亲表》的注中说，孟姿居近长城，正在后园池中游戏，杞梁避役到此，她反顾见之，请为夫妻。梁以不敢望贵人相采辞之。她说"妇人之体不可再为男子所见"，遂与之交。后闻其死，往收其骸骨，知他筑在城中，便向城哭，城为之崩。城中骨乱难识，乃以泪点之，变成血。这段故事和《同贤记》所载极相像，说孟姿居近长城，和《同贤记》说杞良为燕人亦相近；又称孟仲姿为"孟姿"，和孟姜一名更接近了。

12. 敦煌石室中的藏书是唐至宋初人所写的。里边有一首小曲，格律颇近于《捣练子》，曲中称杞梁为"犯梁"，称其妻为"孟姜女"，又说"造得寒衣无人送，不免自家送征衣。长城路，实难行，……愿身强健早还归"。这是开始从"夫死哭城"而变为"寻夫送衣"，孟姜女一名也坐实了。寻夫送衣一件事也是有来历的。我们读汉以后的诗，便可见用"捣衣"做题的特别多，这是因为沙场征戍客也特别多之故。如谢惠连的"裁用笥中刀，缝为万里衣"，柳恽的"念君方远徭，望妾理纨素"，庾信的"玉阶风转急，长城雪应暗"，杜甫的"宁辞捣衣倦，一寄塞垣深"都是；但这是制衣付寄而不是自行。后来忍不住了（或是寻不到送衣的人），唐王建的《送衣曲》便道："去秋送衣渡黄河，今秋送衣上陇坂。妇人不知道径处，但问新移军近远。……愿郎莫著裹尸归，愿妾不死长送衣！"她是一年一度地自己送去了。妇人送衣和杞梁妻有什么关系？唐皮日休《卒妻怨》云："河湟戍卒去，一半多不回……处处鲁人髽，家家杞妇哀。"原来她们把自己的哀感算作杞梁妻的哀感，她们要借了她的故事来消除自己的块垒呢！至于"孟姜"一名，三见《诗经·庸风》和《郑风》，又都加上一个"美"字，说不定在春秋时即以为美女的通名，像现在说"西施"或"嫦娥"一样。《大雅》又称古公亶父妻为"姜女"，或许后来此名即与民众口头的"孟姜"相并合。杞梁之妻的名，或由孟姜移转而渐变为孟姿,以至孟仲姿。

13. 唐末周朴作《塞上行》,直用民众传说,云:"长城哭崩后,寂寞到如今。"同时僧贯休作的《杞梁妻》也是这般,说:"秦之无道兮四海枯,筑长城兮遮北胡。筑人筑土一万里,杞梁贞妇啼呜呜。……再号杞梁骨出土。疲魂饥魄相逐归。"后人不知道那时的传说,单见贯休这诗,以为是他的无知妄作。例如顾炎武在《日知录》中骂的"并《左传》《孟子》而未读",汪价在《中州杂俎》中骂的"乖谬舛错,皆由僧贯休诗误也"。他们不知道一种传说能够使得文人引用,它的力量一定是大得超过了经典。贯休诗中这样说,正可见唐代盛行的孟姜女故事的面目是这样的呢。

14. 北宋祥符(1008—1016)中王梦徵为安肃县作《姜女庙记》(一作《孟姜女练衣塘碑刻》),此碑至明隆庆间发现。这是我们知道的最早的一个孟姜女庙。又同官的孟姜女庙是北宋嘉祐中(1056—1063)县令宋宗谔重修的。因为她的人格日益伟大,所以列入了祀典。

15. 南宋初,郑樵在《通志·乐略》中说稗官之流把杞梁之妻演成了万千言,可见那时有把这件故事作为小说或平话的。

16. 约略与《通志》同时的《孟子疏》说:"或云,齐庄公袭莒,战而死;其妻孟姜向城而哭,城为之崩。"这是杞梁之妻的孟姜一名见于经典的开始。

17. 南宋周煇著的《北辕录》记淳熙四年(1177)贺金国生辰事,中云:"至雍丘县,过范郎庙,其地名孟庄,庙塑孟姜女偶坐,配享者蒙恬将军也。"这是范郎之名见于载籍的第一次。雍丘原即西周时的杞国,其地又有孟庄,说不定这个庙宇是从她的姓和最初所说哭崩的城上转出来的（现在的唱本和小说都说孟姜是孟家庄人）。至于杞梁变为范郎乃是形讹（"杞"字一变而为《文选集注》的"圮"，再变而为敦煌小曲的"犯"，三变而为与犯同音的"范"）而兼音变。

18. 元陶宗仪著的《辍耕录》中所载院本名目，在"打略拴搐"类里有《孟姜女》。院本是金国的剧本，或者这本戏是12世纪中的产物。这是我们所知道的孟姜女戏剧中最早的一本。明沈璟著的《南九宫谱》中引《孟姜女传奇》二则：一是筑城者唱的，中有"本是簪缨裔，……儒身挂荷衣"之句，可见其中说秦始皇用了儒生筑城；一是范郎的母亲唱的，中有"懊恨孤贫命，图一子晚景温存"之句，可见其中说范郎是由寡母抚育成人。（元末高则诚作的《琵琶记》有"譬如范记郎差去筑城池，他的娘亲怨望谁？"句，意思与此同。）南曲谱虽未说明这一本传奇是何代人所作，但南曲导源于宋，南曲谱所引的曲文多是很古的，明徐渭《南词叙录》所录"宋元旧篇"中有《孟姜女送寒衣》，疑即是此。如果这一个假设不误，这本戏可以定为我们所知道的孟姜女戏的第二本。元钟嗣成作的《录鬼簿》中，彰德人"郑廷玉"条下有《孟姜女送寒衣》，这是北曲中的整本孟姜女戏，可惜也失传了。在北曲中偶然说到孟姜女的地方，可以注意的有两条：一是马致远作的《任风子》，说"想当时范杞良筑在长城内"；一是武汉臣作的《生金阁》，说"杀坏了范杞梁"。在这两条中，可以知道元代的孟姜女故事对于范郎有斩杀的传说，又可见杞梁既因"杞"而改姓了范，但名中仍保存了杞字，变成了一个重床叠屋的姓名。后来范希郎、范三郎、范四郎、范士郎、范喜郎、范杞良、范纪良、万喜良，许多不同的名字就都在这上生发出来了。

19. 从明代的中叶到末叶这180年中,忽然各地都兴起了为孟姜女立庙的运动。这个运动缘何而起,我至今还没有明白,不过借此可见"孟姜女哭崩长城,携取了范杞梁尸骨"的传说的势力扩大了,逼得文人学者不能不承认它在历史上的地位了。天顺五年(1461)编成的《大明一统志》说,"孟姜女本陕之同官人,秦时以夫死长城,自负遗骨以葬于县北三里许,死石穴中"。这大概是志书中正式记载这个后起的传说的第一回吧?同官之说,前所未闻;孟姜女成了同官人,于是她从齐籍转入了秦籍。弘治五年(1492),杞县西滩堡建孟姜女庙,在周煇所见之外又多了一处(见《古今图书集成·职方典》三七八)。正德十四年(1519),张镇做安肃县知县,从古迹中剔得孟姜女祠,把它重建起来,在郑昱作的记中,说这是孟姜女的故里,有"濯衣塘"。这把她说成了燕国人,恐与《同贤记》所说的"燕人杞良"和《文选集注》所说的"居近长城"有些渊源,在记载中虽见得很晚,但这个传说的起源是很早的。嘉靖十三年(1534),湖南巡抚林大辂修澧州孟姜女祠。澧州人李如圭在祠记中说孟姜女是秦时澧州人,范郎供役长城,她在嘉山筑台而望,久待不归,乃亲去寻夫,这又把她说成了楚国人。李如圭是知道同官的古迹的,所以他替这两种传说作伐,说澧州是她的生处,同官是她的死所。其后陕西人马理作的《同官孟姜庙碑记》、《孟姜女补传》及《孟姜女集》等就完全采用了这一说,甘心牺牲了《一统志》同官产之说了。隆庆三年(1569),周以庠做安肃知县,梦见了孟姜女,又寻得了北宋的石刻,就立孟姜女墓碑,又建忠节堂,祀他们夫妇。照这样说,孟姜女是生于安肃，又是葬于安肃的了。万历二十二年（1594），重修同官县庙。就是这一年，山海关尹张栋建贞女祠于山海关。她与山海关发生关系是最后起的传说，但到现在300余年中是最占势力的。张时显作的碑文（1596）上说她姓许，居长，故名许孟姜；范郎到辽筑城，她前去寻觅，知道他已死，就痛哭而绝。又黄世康作的碑文（见《鬼冢志》附录）上也说她姓许，嫁给关中范殖；范郎去后，寡姑亦死，她葬姑寻夫，见了白骨，痛哭三日夜而死；扶苏、蒙恬表封他们官爵，把他们合葬，这一天，飞沙凝成了望夫石，海中涌出了一个圆岛，就在岛上筑坟，石上建庙。在这个传说上应当注意，她忽然姓许，和她的丈夫合葬在山海关。至此，她的坟墓已有了四处：一是同官，二是安肃，三是山海关，还有一个早被人们忘却的临淄旧墓。崇祯年间，山海关副使范志完又把山海关的庙宇重修了。在不记年代的庙宇中，又有潼关一处。詹詹外史（冯梦龙的别号）的《情史》中说孟姜负骨归家，到潼关，筋力竭了，坐山旁而死，土人替她立庙。于是她的死所又多出了潼关一处，想来那地也是有她的坟墓的。

20. 在明代，各地民间的孟姜女传说像春笋一般地透发出来，得到文人学士的承认。但是他们的承认是有条件的，因为他们已经读了书了，闻见广了，多少有些辨别推究的能力了。他们对于这种传说的态度，可以分为两种。第一是硬并，要把向来不同的传说并合到一条线上。例如上面举的同官和澧州各有孟姜女的传说，李如圭要把它们并合起来，说她是生在澧州而死在同官的。如此，这两个传说便可相容而不相冲突了。但这个伎俩是要碰壁的，例如安肃、山海关、潼关的传说，他便没有方法再去并合。何况同官的传说原说她是同官人，他何得牺牲了这个传说的一半，硬把澧州的并合上去！第二是硬分，要把变迁得面目不同的传说分别为漠不相关的两件事。例如《情史》中把杞梁妻和孟姜分作两人，黄世康碑文中说孟姜哭夫"有如杞妇，远追袭莒之魂"，王世懋《孟姜祠歌》说"精灵直偶杞梁妇"。这种办法，固然是最简便的解决方法，但又不免太不顾事实了。

21. 清宣统二年（1910），上海推广马路，开至老北门城脚，得一石棺，中卧三尺余石像，当胸绣篆书"万杞梁"三字。上海的城是嘉靖三十二年（1553）筑的，这像当是筑城时所凿。筑城时何以要凿这一个像，这不得不取《孟姜仙女宝卷》的话做解答。宝卷上说秦始皇筑长城，太白星降童谣，说"姑苏有个万喜良，一人能抵万民亡；后封长城做大王，万里长城永坚刚"；于是秦皇下令捉他，筑在城内。这是江苏的传说，为的是太湖一带"范"和"万"的音不分，范姓转而为万，又加上了厌胜的信仰，以为造长城要伤一万生民，只有用了姓万的人葬在城内才可替代。上海既在这个传说的区域之内，筑城的年代又正值这件故事风靡一时，各处都造像立庙的时候，所以就凿了石像埋在城底，以求城墙的坚固。在这个传说里，说万喜良是苏州人，孟姜女是松江人。这也是现在最占势力的传说。

22. 清代学者是最渊博的，他们很瞧不起明代学者的浅陋，所以孟姜女的故事在明代虽蓬蓬勃勃地透露了出来，但一到了清代便不由得不从地平线上重压到地平线下去了。他们对于这件故事的意见，可以分为四派。第一派是只信《左传》而不信他书的，如顾炎武《日知录》、朱书《游历记存》等。他们说她既能却郊吊，又何至于路哭；齐君既能遣吊，又何至于使杞梁暴骨沟中。他们寻它的变迁，谁人始说崩城，谁人始说崩长城，分得十分清楚。他们对于这些变迁，虽是只骂前人的附会，但对这件故事的演化情状已能做大致的揭发了。第二派，信得宽了一点，可以信到汉人之说了，如钱曾《读书敏求记》和梁玉绳《瞥记》等，他们说崩的城是齐城，贯休之误是由于不考《列女传》。冯梦龙的《东周列国志》也是这样说。第三派是再宽一点，肯信哭崩长城之说了，但因要维持孟姜女是春秋时的齐人之故，所以说这个长城是齐的长城而不是秦的长城。例如《职方典》"山海关"条说"不知其谓长城者，乃泰山之下长城，非辽东之长城"。《长清县志》又据《管子》"长城之阳，鲁也；长城之阴，齐也"而说春秋时已有长城。其实若被她哭崩的城确是齐长城，何以哭崩秦长城的话未起时只听到崩杞城、崩莒城之说而听不到崩齐长城之说呢？第四派转了一个方向，说孟姜女既不是杞梁妻，也不是从杞梁妻传误的，乃是《汉书·匈奴传》中说的筑城的汉将之妻，她是在丈夫死后把城修完的范夫人。主张这一说的有俞樾《小浮梅闲话》和何出光《木兰祠赛神曲》。他们把"范"字和"城"字固做对了，可惜把"杞梁"和"崩城"又做错了。

23. 从清代到现在，这件故事的方式大概如下：

（1）查拿逃走；

（2）花园遇见；

（3）临婚被捕；

（4）辞家送衣；

（5）哭倒长城；

（6）秦皇想娶她，她要求造坟、造庙和御祭；

（7）祭毕自杀，秦皇失意而归。

唯在蒙古车王府所藏唱本中见有数本，都说秦皇怜其贞节，赏与玉带，并无欲得之意；又陕西唱本说始皇封她为"贞烈女孟姜"，云南唱本也说秦王封她为"一品贞节夫人"，令澧州建造节孝牌坊：这三说较为别异。至于在生的地点上，以苏州（万）、松江（孟）为最有力，华州、余杭（范）、务州、澧州（孟）次之；在死的地点上，几乎一致地说是山海关，只有一小部分说是潼关和长安。李如圭所考定的一个是早已不通行的了。

同官的孟姜女①

三国时，曹植始言杞妻哭崩梁山。梁山向来说为河西韩城，清崔述始依了《诗经》和《左传》的证据说在河东（山西）；但他又说"当跨河在冀、雍之界上，故能阻塞河流"。大约山西和陕西的山虽给黄河破了开来，但山脉相连，河东梁山的对岸的山也可以加以同样的称谓。如果确是这样，我们可以说这件故事的区域是在今山西的西南部和陕西的东部。在这一个区域中，她的故事真多极了。

先说山西。曲沃县侯马镇南浍河桥土岸上有手迹数十，说是她送寒衣时经过浍水，水涨不得渡，以手拍南岸而哭，水就浅了下去；这手迹便是拍岸时所遗留。现存岸已崩坍，迹仍不灭。从这条路线上看，她寻夫时是从西南到东北的。又潞安也有姜女祠。

---

① 节选自《孟姜女故事研究及其他》"二、地域的系统"之"2.山西、陕西和湖北"，参见顾颉刚：《孟姜女故事研究及其他》，商务印书馆，2014年第1版，第72—74页。

从侯马往西南，是陕西的潼关。明人冯梦龙的《情史》和汉口的《送衣哭夫卷》说她负骨归家，到潼关时力竭而死，潼关人替她立庙，这是说她死在潼关。江苏的《仙女宝卷》说她到潼关去寻夫，大哭崩城，这是说被她哭崩的城是潼关。

从潼关往西是华州。广西刻本《花幅记》和厦门刻本《哭倒万里长城歌》都说范记郎是华州人。我起初寻不出它的原因，后来知道了：孟子说"华周杞梁之妻"，周和州同音，所以《汉书·古今人表》便写作"华州"，以误传误，于是"华周和杞梁的两位夫人"竟变作了"华州人杞梁的夫人"了。

华州的西南是长安。云南唱本中说她到长安，对城踢脚大哭，北门城墙一齐崩倒。广西的《花幅记》也说她哭倒了长安的长城八百里。长安并没有长城，或许从这"长"字变化出来的。

长安的北面是耀县，耀县的北面是同官县，同官县的北面是宜君县。这三处是这件故事最重要的地点，故事的性质也极悲壮。大意是说：孟姜负夫骸骨归来，沿了北洛水南奔；追兵将到，她逃到北高山（同官北五十里）中，渴极了，大哭，忽然地下涌出泉水来了（因为它的声音永远像呜咽一般，故名哭泉；又因是她的节烈之气所感，故名烈泉）。她又走了一会儿，倦得厉害，逃不动了，追兵紧随在她的后面。正在无奈之际，忽然山峰转移，遮回了她，把追兵隔断了（后来这山就叫作女回山）。她走到同官水湾，气力已竭，把丈夫骸骨放在西山（一作金山）石穴下，自己坐在旁边死了。土人敬重她的贞节，就地埋葬；又塑了夫妇像，立庙祭祀。石穴中有洞隙，祭祀的时候可以看见金钗的影子。这座庙在同官北三里，宜君南三十里，壤地交错，又涉及耀县，所以在这三县的志书上都有记载。《关中胜迹图志》说"女回山横断无路，忽道从峡口出"，可见其险。《耀州志》驳遮回之说，以为是负骸回经其间故名，这也不过用了常理来驳辩奇迹罢了。这件故事，犹存着汉代人烈性感天的想象，和崩城之说极相近。

《大明一统志》说孟姜女是同官人。清《陕西通志》也这样说，又说适范植仅三日（《郡国志》同）。《耀州志》引乔世宁《孟姜女传》，说"秦法，役怠者辄填城土中死"，和《同贤记》所载相同，异乎江浙间厌胜之说。明三原人马理作《孟姜女补传》《祠碑记》《孟姜女集》，为孟姜女故事的一个汇集，其中录同官传说尤多。但他和乔世宁一样地信了李如圭的话，一口咬定孟姜女是澧州人；他的碑记中又称为"前秦澧州人"，甚可异。他的文中称孟姜之夫为范喜，又范郎、范喜郎，想来是以"喜"为名，以"郎"为称谓的。乔世宁说"其夫范氏，亡其名，称曰范郎"，也是以郎为称谓之词。最近西安文明堂刻本《铁角坟》十张纸说孟姜女配范三郎，婚后未满一个月就别了。她送寒衣去时，始皇封她为"贞烈女孟姜"。兴平万世堂刻本《王桂英哭杀场》中也是这样说，但又称她为"孟长姜"。秦腔中有《哭长城》剧本，但未见其书，不知道是怎样的。

再有一件奇怪的事情。明黄世康作的《山海关孟姜碑文》起首说她是"关中范植妇"，和《陕西通志》的话一样；但下面说她"出秦岭而西，循漆川而北"，则便不可解。她住在关中，要到山海关寻夫，须向东北行才是，何以竟向西北走去呢？这恐怕是他误抄了陕西的传说，而陕西的传说乃是向西北的长城去收骨的（看他们说孟姜是同官人，又说她负骨沿北洛水南旋可知）。那么，陕西人说的哭崩的城，一定不是山海关和潼关，更说不到是杞城和莒城了。

至于同官一带的孟姜女故事何以会得这般发达，我敢做一假设，大约是由"姜嫄"转误的。《诗经·绵》说"民之初生，自土沮漆"，《生民》篇又说"厥初生民，时维姜嫄"，可见姜嫄原是沮漆间的伟大人物。沮水出宜君县北，漆水出同官县东北，两水把同官夹在里面，到耀县而合流。或者年代久远，姜嫄的奇迹渐渐失去，适有杞梁妻崩城和崩山的传说起来，那地的人就把她顶替了。如果这个假设将来有证实的时候，我敢说孟姜女一名亦即由姜嫄而来。

孟姜女传说故事辨[①]

宋治清

起源

铜川人都知道孟姜女的故事。作为中国四大民间爱情故事之一的孟姜女故事不但在铜川流传,而且在全国流传也是相当广泛,妇幼皆知。那么,进一步认识孟姜女故事以及与铜川的关系,不能不说是中国文化史上的一个课题。

"孟姜"一词最早出现在《诗经》中。《诗经·郑风·有女同车》曰:"彼美孟姜,洵美且都。"《毛传》曰:"孟姜,齐之长女。"《鄘风·桑中》曰:"云谁之思?美孟姜矣。"这里说的是,春秋大国齐国姓姜,故以孟姜称齐君之长女。演义而来,则通指世族妇女。春秋时期,齐国杞梁之妻,姜姓字孟。齐庄公四年(前550),杞梁随庄公攻莒,被俘而死。她到郊外迎丧,庄公使人前往吊丧,她认为违礼。于是,庄公亲自到其家中吊唁。传说,她哭了十天,城便崩塌,投淄水而死。后人把杞梁说成秦朝的范杞良,并编成孟姜女哭长城的故事。

杞梁妻善哭的故事,也见于《左传》《孟子》等书。杞梁死,

[①] 见《铜川经济社会研究》1997年第4期第19页。

其妻闻则大哭，说："上则无父，中则无夫，下则无子，人生之苦至矣！"孟姜女哭长城的故事则是据此附会而来的，隋唐时期最为兴盛。唐时，僧人贯休写了一首《杞梁妻》，把孟姜女和秦始皇筑长城的事联系在一起了。从此，孟姜女哭长城的故事普遍流传开来。至今，全国许多地方亦久传不衰，并为孟姜女建庙立祠，供人们祈祷。

流传

孟姜女本是传说中的人物，然而，这个人物那样深入民心，人们把对爱情忠贞不渝的孟姜女作为楷模，颂扬之，传播之，并立祠修庙，以作纪念，铜川孟姜女祠是其中修建最早的。铜川地区也是孟姜女传说遗迹最多的地区。据《同官县志》记载："同官古迹，有孟姜女殉夫处，墓洞讴歌，已垂千载。""县北二里金山崖下，有姜女石洞，传说姜女葬处。有石龛，广可丈许。土人为塑像立祠，即'姜女庙'也。宋仁宗嘉祐末年县令宋宗谔重修。"可见，早在1000多年前，铜川就重修孟姜女庙；何时建庙，无从稽考。足见铜川孟姜女庙的历史非常久远。

铜川孟姜女祠创建早，又经历了宋、元、明、清历代修缮。特别是清乾隆年间，孟姜女祠规模宏大，成为当时全国很有影响的名胜古迹。祠内供奉孟姜女夫妇并坐的彩色塑像，祠前修有飞檐翘角的轩敞祭亭。亭内有诗赋传记碑刻，令人目不暇接。环山翠柏葱郁，溪水淙淙，景色秀美。

铜川孟姜女故事的遗迹最多，著名的有宜君哭泉、金锁关的搬转山（又称女回山）没有倒钩的枣刺、金山的泪池、姜女石洞、黄堡镇孟家原的孟姜女故居等，传说活灵活现、生动诱人。特别是孟姜女是同官人的说法引人关注。一是说孟姜女是黄堡孟家原人。说的是孟家原一姓孟的老头种了一株葫芦，葫芦中长出了孟姜女。她成人后，和逃难书生范杞良结为夫妻。婚后三天，丈夫被抓去修长城。孟姜女千里送寒衣，闻夫死，放声大哭，哭倒长城，塌倒的长城中露出白骨。孟姜女咬指滴血白骨之上，血能入的骨为夫骨，背骨返回。途中，秦兵追赶，前行艰难，便产生了哭泉、搬转山、姜女石洞、泪池等形象的遗迹。

孟姜女是同官人，在官方的地方志中亦有记载。明天顺五年（1461）编成的《大明一统志》说："孟姜女本陕之同官人，秦时以夫死长城，自负遗骨以葬于县北三里许，死石穴中。"《郡国志》中，亦有"陕西西安同官人孟姜，适范殖，仅三日，殖忽赴役长城。姜送寒衣至城下，殖已死。姜寻夫骨无辨，啮指血验得之"的记述。明代《鬼冢志》附录上所载的碑文，说孟姜女姓许，嫁给陕西关中范殖，她寻夫见到其夫白骨后，痛哭三昼夜而绝。可见，这些记载与铜川的传说多么相似。这足以说明，铜川的孟姜女祠最早，有关孟姜女故事的遗迹最多，孟姜女是铜川人的说法也最多。

河北省秦皇岛市山海关的孟姜女庙，是国内另一处规模较大的孟姜女祠。明万历二十二年（1594），山海关兵部主事张栋想借孟姜女的传说启迪后人，维护封建礼教，于是发动同僚和部下，在山海关门外13里处的八里堡南修了一座姜女庙（贞女祠），并撰写了一篇《贞女祠记》刻石，文中说：孟姜女姓许，陕西同官（铜川）人。传说其夫范杞梁系江南苏州一书生，为了逃避徭役，奔走陕西，娶孟姜女为妻。正当两人成亲时，范杞梁被抓去修长城,一去不归还。孟姜女寻夫心切,为送寒衣,千里寻夫,来到长城边。寻夫不着,痛哭三昼夜,城墙倒塌,露出杞梁白骨。她痛不欲生,最后投海自尽。因此,当地也形成了孟姜女传说的遗迹。投海之山为"望夫石",并在此处山冈上建祠,塑有身着孝服、面带愁容、凝视南海的塑像,童男童女侍立。上悬"万古流芳"的匾额,楹上有联:"秦皇安在哉,万里长城筑怨;姜女未亡也,千秋片石铭刻。"望夫石间有小坑,为孟姜女望夫所踏足迹。旁有石台,台后有亭,传为孟姜女梳妆和更衣的地方。庙东10千米渤海中有二礁石突出海面,高的似碑,低的似坟,相传为孟姜女坟墓。后来的《临榆县志》载:"贞女祠,在东关外十三里望夫石之巅,祀孟姜女。"

湖南省澧县嘉山孟姜女庙,为明代湖南巡抚林大辂于嘉靖十三年(1534)在其家乡湖南澧县嘉山修建。嘉山也叫孟姜女山,在澧县城东20千米处。山势自西南蜿蜒而来,至此倏然而止,澧水环流于下。山上有孟姜祠,前有望夫石,侧有镜石,传为孟姜女遗迹,并传山麓有孟姜女故宅。嘉山产绣竹(或名刺竹),叶细如缕,宛如丝线,传为孟姜女思念其夫所做的刺绣变成。清同治《澧州志》载有孟姜女寻夫故事。此记载在《同官县志》中有反映:"秦始皇时,有孟姜女者,相传楚地澧人,范郎妻也。姓姜氏,行一,故曰孟姜女云。归三日,范郎赴长城之役,姜女恒登台望归。今澧州有望夫台,其遗迹也。旁有竹,以针刺叶,细碎如线,今其地竹叶犹宛如线然。其地又有石镜,山人名曰'烈女遗镜',岂其望夫不归、遂弃掷妆具不复用耶?……姜亲制寒衣送往,自楚而北,经尧都,浍水涨,不得渡,则手拍南岸而哭,浍为之浅而涉。今浍河南浒沙岸有手迹数十。自古及今，岸崩者数矣，而其迹不灭。"

陕西《韩城县志》说，孟姜女的故事发生在韩城境内。韩城的大崩村，即今大朋村，村旁原有一石，传说上有孟姜女的手印。传说孟姜女哭夫的眼泪，将城墙浸崩，露出丈夫的遗骨。她将骸骨背到同官北3里的石洞中，她自己也死在了那里。

北京一带传说孟姜女是八达岭人，并有孟姜女庙为证。广西、贵州等地毛南族人民传说孟姜女是毛南族的"种山人"，还是个好歌手，说她与范喜良相遇，曾以情歌来表达爱慕之心。

从铜川、山海关、澧县嘉山、韩城等许多地方的传说看，孟姜女的传说大都与铜川有关。不难想象，铜川是孟姜女传说的发源地。可是，发源地对孟姜女传说遗迹的开发、宣传、利用却远在上述各地之后。铜川在开发孟姜女文化方面任重道远。

辨析

孟姜女、牛郎织女、梁山伯与祝英台、白蛇传并称为中国民间四大爱情传说，而流传最为广泛、影响最大的要算是孟姜女传说了。四大传说在中国文化史上有着光辉的地位。《中国文化辞典》《中国文化知识精华》《中国名胜词典》《辞海》《辞源》等大型工具书中均有孟姜女的词条，但没有铜川的地名，真是一大憾事！可见，铜川人应把孟姜女传说的传播与提高铜川知名度联系起来。孟姜女传说的发源地，应该有孟姜女的歌、孟姜女的戏、孟姜女的标志、孟姜女的游览胜景。铜川应当积极开发这一旅游资源，以富民一方。

孟姜女的故事由春秋战国时期流传至今，已有2000多年了。

这充分说明，这个故事经过长期的集中、提炼、丰富和发展的典型化过程，由单一到复杂曲折，人物的形象、性格更加鲜明突出，浪漫主义的色彩更加浓厚，使悲者更悲、壮者更壮、美者更美，饶有情趣，为人民群众所喜闻乐见。这一艺术典型的创造，显示了劳动人民的丰富想象和智慧，这是铜川人民的文化创造和建树。鲁迅先生说："乡民的本领并不亚于大文豪。"孟姜女的故事反映了历代受压迫的劳动人民对统治阶级的沉重徭役、兵役的反抗，倾吐了人民对专制残暴的统治阶级的痛恨和谴责，寄托了劳动人民对幸福乐业、自由生活、坚贞爱情的渴望与追求。如今，铜川郊区修建孟姜女祠正是这一宗旨的体现。劳动人民创造的具有反抗精神的孟姜女艺术形象将千秋万代扎根在人民群众的心中。

孟姜女传说诗文述略[①]

杜发隆

北宋以降，铜川地区孟姜女的传说已经形成较为完整的故事，广泛流传于官署、市井和乡野，真可谓家喻户晓，妇孺皆知。北宋前后，铜川地区先后建造了两座孟姜女祠，即同官县（铜川旧称）城关金山岩孟姜女祠、宜君县哭泉孟姜女祠。从此，大凡路过同官、宜君的朝廷命官、文人墨客，在两县当政的县令，在外地做官的邑人，莫不凭吊、膜拜这两处孟姜女祠，莫不津津乐道、乐闻孟姜女故事，在慷慨涕零、唏嘘喟叹之余，大都以孟姜女传说为题材，或吟哦成诵，或撰文著述。正如清同官知县袁文观在《题姜女祠诗序》中所称："邑之金山有姜女祠，名胜洵为一邑冠。论姜女者，纷如聚讼。"[②]关于铜川古代孟姜女传说的诗文，虽然算不上卷帙浩繁，但数量也相当可观：诗文多达百首（篇）以上，涉及作者50人以上。其题材可以分为散文、诗歌两大类。

铜川古代孟姜女传说的诗文除了零散的载录之外，被大量地收录在《孟姜女集》、《孟姜女故事研究集》和铜川地方志书之中。

[①] 见《铜川经济社会研究》1997年第4期第17页。
[②] 见民国《同官县志·古迹古物志》。

《孟姜女集》与《阳明先生浮海传》一起,被收入明嘉靖《忠烈小传》(为关南汪兆龙重刻本)一书中,上海图书馆有收藏。《孟姜女集》为明正德进士、嘉靖《陕西通志》编纂者之一、三原人马理(嘉靖三十四年死于关中大地震)编著,收录有马理的《孟姜女集序》和钦差总理河道都察院右副都御史、楚地澧州人李如圭的《文移》①散文5篇,收录有18位诗人写的诗歌共计35题44首,全书20页。该书为大32开木刻版印刷,刻工精良,确系极其稀有的古代线装善本书(遗憾的是有少量缺损),大约是我国古代存世的唯一一本关于孟姜女的专著。《孟姜女故事研究集》为当代著名学者顾颉刚先生编著,1984年2月由上海古籍出版社出版。书内收录有许多著名学者撰写的论文,其中所引用的有关铜川孟姜女传说的资料比比皆是。此外,收录铜川孟姜女诗文较多的还有明代、清代、民国时期《同官县志》,明《耀州志》、清《宜君县志》亦有少量记载。

诗歌:爱恨交织

目前,搜集到的关于古代铜川孟姜女传说的诗歌共达百首之多,作者共计43位。这些诗人最早的为北宋,最晚的为清代,明代居多;诗人身份绝大多数为尚书、巡抚、钦差、御史、副使、知县等封建官吏。从内容看,这些诗歌分为抒情诗和叙事诗两大类,但以抒情诗为主;从形式看,有古诗、近体诗和骚体诗等。

尽管铜川孟姜女传说的诗歌作者均是封建时代的官吏、文士,

---

① 见《直隶澧州志》。

生活在社会的上层，同广大劳动人民的思想感情相去甚远，但其所创作的孟姜女传说诗歌却基本上是积极健康的，大多数诗歌的思想性是值得肯定的。这些诗歌的主旨主要是：

（一）热情赞颂孟姜女的贞烈品质。相当多的篇什或极力表现孟姜女对远在边塞的丈夫的深切思念之情，或着重反映孟姜女不畏艰辛和暴秦，送寒衣、哭长城、负骸归里的悲恸和愤懑。明副使王崇古《读孟姜女同官祠诗刻，率尔成十二首，因橄葺祠刻碑》其八曰："三日离情百岁心，甘从绝塞倚藁砧。芳魂应化鸳鸯鸟，常友韩朋墓上禽。"[①]明提学王世懋《孟姜女祠歌》曰："同官城边姜女祠，正史不传传口碑……空令白骨积城下，哀哀寡妇吁天呼。当时埋骨知多许，独有贞名耀千古。长城不祀蒙将军，儿童能道孟姜女。吁嗟乎，长城遗址犹可没，姜女之名终不灭！"[②]明耀州知州李一经《过姜女祠》曰："看来烈女情，笃似长城垒。"[③]清同官县令柴缉生《题姜女祠用明进士王淑抃韵七律》曰："贞魂万载死犹生，妇竖争传姜女名。"[④]此类诗句俯拾即是。

（二）对于孟姜女的悲惨遭遇寄予莫大的同情。铜川孟姜女故事渗透着无限悲愤和血泪，真可谓感天地、泣鬼神。诗人们来到铜川，拜谒孟姜女的祠庙，静听孟姜女的故事，无不为孟姜女的高风亮节、悲惨遭遇所感动、所折服。孟姜女实际上成为众多诗人心中

---

① 见明《同官县志·艺文》、民国《同官县志·古迹古物志》。
② 见明《孟姜女集》。
③ 见陕西旅游出版社《古人咏铜川》。
④ 见民国《同官县志·艺文志》。

的丰碑。很自然,他们就会把自己的这种感情转化为无限的同情和冲动,并倾注于笔端,写出与之相适应的诗篇。明御史张珩《贞烈祠》曰:"长城千里愁云暗,万古清流见泪痕。哀恨至今犹未歇,含波声咽月黄昏。"①明巡抚、都御史杨巍《贞烈祠》曰:"经过莫听漆河水,犹似当年号哭声。"②明副使王崇古《吊姜女祠》曰:"漆川与江水,流恨日潺潺。"③明礼部尚书王图《题孟姜女祠二首》其一曰:"试看涧边东去水,而今犹带哭声流。"④明大理寺观政张道克《再过孟姜祠》曰:"合卺分缘才三日,负骨哀怨几千秋。女回山下漆水河,不尽冤声日夜流。"⑤从以上诗句的意境完全可以想象,当年那么多的诗人一定是在唏嘘喟叹的情绪里挥泪进行写作的。

(三)诅咒暴秦。孟姜女的悲惨遭遇和终生不幸全是暴秦造成的,因而暴秦的君主、将领、军队及其所建造的长城全都成为罪恶的渊薮,成为指斥、责骂、嘲笑的对象。明佥事李维芎《姜女遗迹十首》其九曰:"一筑穷荒万骨枯,不将德泽与扶苏。"⑥明副使薛应旗《孟姜祠》曰:"孟姜祠畔草纤纤,北望长城泪欲涟。筑塞岂知秦鹿走?防胡即识汉龙潜……二世只贻千古笑,争如匹妇共称

---

① 见明《孟姜女集》。
② 见明《孟姜女集》、明《同官县志·艺文》。
③ 见明《孟姜女集》、明《同官县志·艺文》、民国《同官县志·艺文志》。
④ 见明《同官县志·艺文》、民国《同官县志·艺文志》。
⑤ 见明《孟姜女集》。
⑥ 见明《孟姜女集》。

贤。"①明户部郎中王淑抃《题孟姜女》曰:"祠前春草踏还生,今昔犹传姜女名。判死一身归大块,误人百岁是长城。"②由此可见,诗人的爱憎是十分分明的。

（四）劝诫世人。一是推崇孟姜女的高风亮节,勉励人们效法她的忠贞、刚烈节操。明副使邢云路《挽姜女诗八首》其八曰:"自古谁无死？求仁已得仁。千年祠宇在,愧杀二心人。"③明御史傅天和《谒孟姜女祠二首》其一曰:"身殒同川千载恨,义全夫妇一条心。形容未免入图绘,留取清风励古今。"④明刘余泽《题姜女祠二首》其一曰:"千秋义节气嶙峋,石壁祠前古迹新。堪笑须眉同草木,独留冰玉愧风尘。"⑤明御史浦铉《经孟姜祠有感》曰:"遂至捐躯日,犹存在世身。坚贞藏石室,激俗可新民。"⑥对这类诗的"教化"价值应当基本予以肯定。二是鼓吹"三纲五常"的封建伦理道德,如诗句"纷纷男儿无应算,扶植纲常孰与多"（明西安知府白镒《贞烈祠》)⑦,"扶植纲常真不细,纷纷随俗愧应多"（明庞德荣《贞烈祠》)⑧,"千年气节还神护,万古纲常赖尔扶"（明都御史李如圭《贞烈祠》)⑨。在少数诗人眼里,孟姜

---

① 见明《孟姜女集》。
② 见明《孟姜女集》。
③ 见明《同官县志·艺文》、民国《同官县志·艺文志》。
④ 见明《孟姜女集》。
⑤ 见明《同官县志·艺文》、民国《同官县志·艺文志》。
⑥ 见明《同官县志·艺文》、民国《同官县志·艺文志》。
⑦ 见明《孟姜女集》。
⑧ 见明《孟姜女集》。
⑨ 见明《孟姜女集》。

女成了身体力行"三纲五常"的楷模。这显然是曲解,同今天所弘扬的社会主义道德是相违背的。

铜川有关孟姜女传说的诗歌具有这样几个特点:一是意境比较广深,所塑造的孟姜女形象具有可感性,仿佛可以看到、可以听到、可触摸到,或者上述几种艺术效果兼而有之;二是饱含着丰富的想象和感情,富有强烈的抒情性,许多诗句简直就是爱与恨这两种感情激流的倾泻;三是语言精练,通俗易懂,读着这些瑰丽的诗篇,令人产生"言有尽而意无穷"之感;四是节奏明快,读之朗朗上口。

散文:叙事完整

《孟姜女集》和《耀州志》、《同官县志》、《宜君县志》收录有关铜川孟姜女传说的散文共8篇,全系明代人所作,作者共7人。这些散文的主要内容是:

(一)演绎孟姜女的身世。关于孟姜女的故里问题,7个人中有6个人异口同声,说是"楚地澧人"。关于孟姜女悲惨经历的记述内容则大体相同,只是详略不一而已。记述最详的当为马理的《孟姜女集序》,钦差总理河道都察院右副督御史、楚地澧州人李如圭的《文移》,明同官县人、已经辞官的举人冯朝彦(曾任河北定兴县丞)、监生羽鹭(曾任河北良乡县知县)、生员习继荣(曾任山西代州州判)、路仕攀(曾任河南商丘县主簿)的《新修孟姜女祠及肇设祀典记》[①]。这些文章一般都从孟姜女的故里——澧州

---

① 见明《孟姜女集》。

的"望夫台""烈女遗镜"说起,一直说到铜川的"哭泉""女回山",在同官小湾"瞑目而逝"。其简历有头有尾,活灵活现,真切动人,几乎成为历史人物的真实可信的"传记"。

（二）移花接木,改变孟姜女的籍贯和经历。民国《同官县志·人物志》载,明耀州人、《耀州志》编修乔世宁在《同官孟姜庙碑记》中写道："《一统志》载:（孟姜女）为同官人。今定为澧州人,则自尚书李如圭始。如圭其言,盖有据云？"[1]这里,点明了孟姜女改变原籍的时间和责任人,对改变的依据持怀疑态度。其事实正是这样的:明嘉靖十年（1531）九月,湖南澧州人、副都御使李如圭"抚赈延绥,致仕归里",路经同官,始知同官孟姜女传说。回到家乡后,与湖广巡抚、右副都御史林大辂和澧州知州王俸谋划,在澧州"为之（孟姜女）建祠塑像,春秋致祭,匾其祠'贞烈'"。十五年（1536）春,李如圭以总理河道起用,道经河南汴梁（今开封市）,嘱咐祥符知县刘九容派遣属吏,前来同官,摹印同官孟姜女祠历代碑刻诗义。从此,李如圭"是知澧州所载实乃姜女之始事,同官所载乃姜女之终事。合而观之,姜女贞烈备矣。澧州本院另为勒碑记载"。[2]《直隶澧州志·李如圭〈贞节祠记〉》在"合二处观之"之后写道:"余乃行文同官,刻石记其事,及修理祠垣,以时祀享。"以后,李如圭一不做二不休,向不相统属的同官县署发来《移文》（即《孟姜女集·文移》）,陈述将澧州和同官两地的孟姜女故事拼合于一起的事。这样一来,孟姜女的籍贯

---

[1] 见明乔世宁《耀州志·建置志附祠祀》。
[2] 见《孟姜女集·文移》《直隶澧州志·贞节祠记》,均为李如圭撰。

就被粗暴地篡改为"楚地澧州"了。《孟姜女集》的编著者马理在为该书撰写的《序》中亦说："如圭者,移文同官县学……而后烈女颠末始明。"随着《孟姜女集》刻本的广泛流传,孟姜女籍属澧州的说法便不胫而走,国人皆知,以致与孟姜女是同官人的说法相颉颃。面对这种形势,同官人也无可奈何,只得随波逐流,人云亦云。明同官人冯朝彦等四人所作《新修孟姜女祠及肇设祀典记》中,在叙述孟姜女的籍贯问题时,就来了几个"或曰",当然"或曰同官人"是其中之一。

（三）极力渲染孟姜女行迹的神异。对于这个问题,几乎每篇都使用了大量的文字,所依据的事实雷同,只是说法不同而已。这些散文所称颂的神异之事,如："……然竹叶为之成线,山石为之成镜,浍崖着其手迹,长城为之崩摧,山峰为之转移遮路,石岭为之涌泉……由是言之,烈女之贞,感天地,动鬼神,变异山川草木……"（马理《孟姜女集序》）[1]再如："然侈姜事者以为,刺竹而竹线,弃镜而镜石,手岸而岸痕,涉浍而浍浅,哭泉而泉涌,入山而山回。隔万里而望之湘台之上,出乱骸而验之指血之中,生无金钗之饰,而死有金钗之应……姜女烈,果能动天地感鬼神如斯之速也。"（明耀州知州李一经《祭姜女文》）在所有散文之中,此类句子不胜枚举。

（四）陈述祭祀之事。同官金山孟姜女祠的祭祀活动始于明嘉靖二十六年（1547）仲冬。当时,同官知县亢庆鸿"自备牲醴祀。仍拟于均徭差内,拟金庙夫一名；仍拟于徭内,岁支银三两二钱,

---

[1] 见明《孟姜女集》。

置办清明及十月一日祀品"（马理《孟姜女集序》）。这大约是同官首次把祭祀孟姜女之事正式纳入县衙门摊派的力差、银差之内。

（五）鼓吹"三纲五常"。"三纲"是指父为子纲，君为臣纲，夫为妻纲；"五常"通常指仁、义、礼、智、信。这些散文往往在最后都不同程度地拖着一个不好的尾巴，即宣扬封建礼教所提倡的人与人之间的道德标准。明同官县知县杨万祺在《姜女集跋》中写道："于戏！夫，妇人道之始也。《易》曰：'有夫妇，然后有父子；有父子，然后有君臣。'是三纲之统纪。（中间有脱文）重与！今去姜女世，千有余岁。其感人动物，若近日事，则天理之在人心不泯也。后世臣之于君，子之于父，一有不尽其心，视姜女宁不汗颜也？兹刻匪纪姜女之事之奇，以昭彝伦范后世也。"马理在宜君县的《哭泉孟姜女祠碑记》中写道："一妇人女子，乃知守节义、重夫纲，感天地如此！世有徒为丈夫，较其行反妇人女子之不若者，则姜女之懿行，有益于风教也多矣，岂可以寻常视之哉？"[①]毋庸置疑，散文中极力宣扬的封建礼教，是其糟粕所在，需要批判和扬弃。

零散资料：情节迥异

所谓零散资料，是指古时外地许多书籍收录的一部分有关铜川孟姜女传说的零散资料，亦包括碑文，共约16篇。这部分资料目前尽管数量不多，七零八落，但它们的价值却是十分重大的。

（一）认定孟姜女故里在同官。明天顺五年（1461）的《大明

---

① 见清《宜君县志》。

一统志》载:"孟姜女本陕之同官人。秦时,以夫死长城,自负遗骨以葬于县北三里许,死石穴中。"这是志书首开正式记载孟姜女传说的先河。明万历二十二年(1594)的秦皇岛山海关孟姜女庙《贞女祠碑记》记载:"贞女孟姜,姓许氏,陕西同官人。夫久赴秦人长城之役,姜制衣觅送,万里艰关,天鉴贞烈,排岸颓城。"《临榆县志·古迹》(该志书何时刊刻不详)载:姜女"世传许姓,居长,故称孟,陕西同官人"。《陕西通志·人物志》载《孟姜女传》云:"孟姜女,同官人。适范植仅三日,植赴役长城。姜送寒衣至城下,植已死。姜寻夫骨无辨,啮指血,验得之。负遗骸归,至祋祤道中山巅,渴甚,号哭,山忽出泉,因名曰哭泉,在今同官城北。未几,死西山石穴中。邑人怜之,并其遗骸偕葬,有祠墓。"清乾隆四十四年(1779)的《西安府志·列传·孟姜女传》云:"孟姜,同官人。"清末《小说考证》编著者花朝生(即蒋瑞藻)笔记引《郡国志》云:"陕西西安同官人孟姜,适范植。仅三日,植忽赴役长城。姜送寒衣至城下,植已死。姜寻夫骨无辨,啮指血验得之。"从以上大量的资料可以看出,上自明下至清,上自国家(明朝)下至陕西省、西安府,上自朝廷下至个人,均能众口一词,皆称孟姜女是同官人。这种说法是一脉相承的,与其他资料的记述根本不同。

最早关于孟姜女故里是同官的说法,当从明天顺五年(1461)的《大明一统志》开始。这同明李如圭为《直隶澧州志》(推测编纂时间在嘉靖十五年以后)写《贞节祠记》、为《孟姜女集》(约在明嘉靖二十七年刊行)写《文移》的时间大约分别要早75年到87年。可见,孟姜女为"陕西同官人"的说法由来已久,流行遍布全国各地；为"楚地澧人"的说法是后起的，而且是李如圭为了给自己的故乡——澧州贴上"人杰地灵"的金色标签，才强加的。但可悲的是，当时同官县的"当权派"以及路过同官、为孟姜女写诗作文的达官贵人竟欣然接受了。由此推知，那时同官当地民众的发言权是被完全剥夺了的。

这里需要说明的是，最早说孟姜女是"前秦澧人"的人并不是李如圭，而是明弘治十年（1497）延安知府李延寿。明同官人冯朝彦等四人在所写《新修孟姜女祠及肇设祀典记》中云："弘治丁巳，延安知府李延寿曰：'孟姜，前秦澧人。'""弘治丁巳"即弘治十年，比李如圭明嘉靖十五年（1536）以后在《直隶澧州志·贞节祠记》中首次提出"秦时，州（按，指澧州）有孟姜女者，适范郎"要早39年。可见，把孟姜女的籍贯同官改为澧州的始作俑者并不是李如圭，而是李延寿。李如圭是明弘治进士，与李延寿是同一时代的人。令人不解的是：（1）李延寿为什么要标新立异？是否言之有据？（2）大下州一级行政区域有许许多多，李延寿为什么早在39年前言澧州"有孟姜女者"？与李如圭的说法难道是偶然的巧合么？"二李"究竟是什么关系？（3）既然李延寿的说法提早39年，为什么乔世宁、马理诸人却说孟姜女"今定为澧州人，则自尚书李如圭始""如圭移文同官县……而后烈女颠末始明"？以上问题有待于进一步探讨。

（二）记述铜川孟姜女传说的缘起及女回山传奇。铜川孟姜女的传说具体始于何时，不得而知。《唐书·地理志》载："同官县有女回山。"由此推测，唐时铜川大约就已开始流传孟姜女的传说了。

女回山位于今铜川市印台区金锁关附近北部。《潜确类书》云："俗传秦筑长城，孟姜女负其夫骸，经此而返，故名女回。"清雍正四年（1726）的《古今图书集成·职方典》云："同官县女回山，在县北四十里。相传，孟姜女负夫骸回经此。追兵将至，山回遮之，故名。"上述两书一说"经此而返"，一说"追兵将至，山回遮之"，其记载内容不很一致。

（三）记述哭泉来历。《延安府志·祀祠·孟姜女祠》云：孟姜女祠在"县（宜君县）南三十里。姜女适范喜三日，范喜往塞上筑长城。死，姜女求骸骨不得，大哭，城为崩。骨出，姜女负之而归。行至此，渴甚，大哭，有泉涌出。人名其地为哭泉，建祠祀之"。这是铜川境内与金山孟姜女祠并称的另一个孟姜女祠。

（四）对铜川孟姜女传说的研究可资参考。《直隶澧州志》载录有明李如圭的《贞节祠记》，其文字与《孟姜女集·文移》大体相同。清嘉庆十一年（1806）刻本《唐代丛书·鬼冢志附录》收录的黄世康（明万历人）《秦孟姜女碑文》云："孟姜，许姓，关中范植妇也。……出秦岭而西，循漆川而北。"此文特别值得注意的是"孟姜，许姓"的说法，与山海关的《贞女祠碑记》《临榆县志》的记载正好吻合。

另一个值得注意的是，清乾隆十年（1745）刻本钱曾《读书敏求记》收录的《孟姜女集》二卷。该篇在简要叙述孟姜女传说形成的过程之后，云："今此集云……自元及明季，诗文盈帙，尽略杞梁之名，而独称范郎者，殆有所考而云然欤！千百年来，庙貌犹新，灵异如昨，一种贞烈之气，自在天壤间。予故录而存焉。"由此可知，《孟姜女集》有两卷，这两卷集子"自元及明季，诗文盈帙"。可是,如今我们看到的只是马理编著的《孟姜女集》一卷,书内收录有北宋、明两朝的数十篇诗文,却无法目睹另一卷,真是遗憾之至!从我国著名学者顾颉刚的《孟姜女故事研究》提到的"陕西人马理作《孟姜女补传》《祠碑记》《孟姜女集》等"来看,《孟姜女集》二卷的另一卷则很可能就是《孟姜女补传》。《孟姜女补传》之中一定会有很多精彩的内容,其中包括元代的诗文。这种看法是完全合乎逻辑的。

孟姜女传说①

闻 立

秦朝时，一户姓孟的人家种了一棵瓜，瓜秧爬到姓姜的邻居家，结了一个瓜。瓜熟之后，打开一看，里面有个非常可爱的小姑娘。他们给这个小姑娘起名叫孟姜女。

孟姜女长大后，既美丽又聪明，还会弹琴、作诗、写文章，人人都很喜欢她。孟氏夫妇更是对她宠爱有加，把她当成了掌上明珠。

当时，秦始皇正到处抓人去修长城。一天，一个名叫万喜良的书生为躲避官兵，从家里跑了出来。跑着跑着，他忽然听见身后传来官兵抓人的声音。

眼看官兵越来越近了，万喜良吓得慌忙跳进路边的一个花园里。这个花园这正是孟家的后花园，此时，孟氏夫妇正和女儿在这里赏花。

看到万喜良突然跳进花园里，孟父吓了一大跳，忙问他是谁、叫什么名字、家在哪里、为何跳进了孟家花园里。万喜良一五一十地作了回答。

---

① 闻立：《中国十大民间传说》，金盾出版社，2014年8月第1版。

孟氏夫妇见万喜良知书达礼、忠厚老实,很同情他的遭遇,于是就把他藏在了家中。过了一段时间,孟氏夫妇又把孟姜女嫁给了万喜良。

孟姜女和万喜良成亲后的第三天,家里突然闯进来一伙官兵,不容分说,用绳子捆住万喜良,带他去修筑长城了。孟姜女知道万喜良这一去肯定是凶多吉少,哭得死去活来。

孟姜女日夜思念着万喜良,盼望他早点回来。可是,一年过去了,孟姜女不仅没有看到万喜良回来,并且连封信也没收到。孟姜女心里十分不安。

转眼间,又一个冬天快要到了。孟姜女担心万喜良挨饿受冻,为他赶做了几件棉衣。然后,她辞别父母,亲自去长城寻找丈夫。

孟姜女一直往北走。她翻过一座座山,蹚过一条条河,渴了就喝几口凉水,饿了就吃几口自己带的干粮。就这样不知走了多久,有一天,她终于来到了长城脚下。

孟姜女一个工地一个工地地找,一个人一个人地询问。认识万喜良吗?知道万喜良在哪里吗?她不知打听了多少人,却没有一个人知道万喜良的下落。

最后,终于有一个劳工对孟姜女说,万喜良曾经和他一起修过长城。孟姜女高兴极了,赶忙问道:"他现在在哪里?"这人低下头,不再说话。

孟姜女知道情况不妙,不停地追问万喜良的去向。这个劳工见瞒不过了,只好说了实话:"万喜良已经死了,被埋在长城下面了!"

孟姜女听到这个噩耗,顿觉天旋地转,昏倒在地。醒来之后,她心里一阵酸痛,用手使劲拍打着长城,失声痛哭起来,她哭哇哭哇,直哭得天昏地暗、飞沙走石。

忽然间,旁边传来"轰隆隆"一阵巨响,像天崩地裂似的,长城的城墙一下子倒塌了一大片。孟姜女惊恐地望过去,发现万喜良的尸首从乱石堆中露了出来。

秦始皇带着大队人马来长城巡察。听说孟姜女哭倒了长城,秦始皇气得火冒三丈,命令士兵立刻把孟姜女抓起来,要亲自处置她。

孟姜女被士兵带来了。秦始皇一看孟姜女这么年轻、这么漂亮,立刻打消了以前的念头。他不仅不想处置孟姜女了,还想纳她为妃。

因为秦始皇修长城让自己失去了丈夫,孟姜女十分痛恨秦始皇,宁死不肯做他的妃子。秦始皇劝她说:"你只要依了我,想要什么我都答应,金山银山都行!"

孟姜女转念一想:丈夫的仇还没报呢,我不能死。想到这里,她对秦始皇说:"金山银山我不要,要想让我做你的妃子,你得答应我三件事!"

秦始皇以为孟姜女回心转意了,非常高兴,对孟姜女说:"不要说三件事,就是三十件我也答应你。赶快说吧,第一件事是什么?"

孟姜女说:"第一,我要你给我丈夫立碑、修坟,用檀木棺材装殓。"秦始皇心想这个好办,立刻就同意了:"好,我答应你。那第二件呢?"

"第二件事就是:在埋葬我丈夫万喜良的时候,你和满朝文武都要披麻戴孝，跟在灵车后面，哭着为他送葬。"孟姜女盯着秦始皇的眼睛说道。

秦始皇心想：我一个堂堂的皇帝，怎能给一个小小的老百姓披麻戴孝呢？这万万不行。于是，他拒绝道："这件事不行。你说第三件吧！"

孟姜女把脸一沉，说："如果第二件你不答应，那第三件我就不用说了！"秦始皇见孟姜女态度坚决，只好说："好吧，这件事我也答应你了。快说第三件吧！"

孟姜女说："第三件，我要你陪着我游三天大海。"秦始皇一听乐了："这个我乐意，肯定能做到！好了，你的三个条件我都答应了，你也不能反悔啊！"

为了早日将孟姜女纳为妃子，秦始皇立刻派人给万喜良立碑、修坟、采购棺材。他又专门派人为自己和文武百官置办孝服。

发丧那天，万喜良的灵车走在前面，秦始皇带领文武大臣，披麻戴孝紧跟在后面。看上去，秦始皇好像真成了万喜良的孝子。

埋葬好万喜良，孟姜女对秦始皇说："咱们去游大海吧，游完后就成亲。"秦始皇一听乐坏了，赶紧命人准备好船只，带着孟姜女上了船。

船行驶到大海中央，秦始皇正美得不知如何是好，忽听"扑通"一声，只见孟姜女纵身一跃，跳进了波涛汹涌的大海中。秦始皇惊得目瞪口呆。

龙王爷见孟姜女跳海了，立刻派虾兵蟹将她接到了龙宫。随后，虾兵蟹将又在海上掀起了狂风巨浪。秦始皇惊慌失措，顾不上打捞孟姜女，急急忙忙逃回岸上去了。

风 物 传 说[①]

秦凤岗

这个故事发生在 2200 年前的同官县。

陕西省同官县，今天叫铜川市。在故事发生的那个年代里，同官县不过是山旮旯里的一个小县。

那时候，在县城南边的孟家原村（今铜川市王益区黄堡镇孟家原村，曾属印台区管辖）村头，连墙住着一位姓孟的大伯和一位姓姜的大婶。这两家都只有一个人，日子过得如同黄连树上挂苦胆——苦上加苦，但这两位老人的心地却非常非常的善良。

现在，要讲的故事开始了。

奇怪的葫芦

有一年春天，一只燕子受了重伤，孟大伯和姜大婶不停地给它敷药、捉虫子喂它，终于救活了它。

秋风轻轻吹来，野菊托出一盘盘金黄色的鲜花。姜大婶想：燕子的家乡在遥远的南方，现在应该放了燕子，让它回家去。

一天，姜大婶和孟大伯把燕子送上蓝天。

[①] 见《铜川经济社会研究》1997 年第 4 期第 24 页。

燕子在孟大伯和姜大婶院子的顶上转了几个圈,又瞧瞧孟大伯和姜大婶,拍拍金光灿灿的翅膀,钻进蓝莹莹的天空,向南飞走了。

第二年清明前的一天,孟大伯正在菜园里种菜,忽然眼前金光一闪,像有什么东西飞过。

孟大伯抬头一看,啊呀,原来是那只燕子飞回来啦!

孟大伯放下锄头,张开右手,燕子轻轻落在手掌上。再一看,燕子嘴里叼着一枚不算小的种子。

燕子将种子放在他的手心里,展开翅膀飞走了。这是一枚金光闪闪的葫芦籽。他种了大半辈子葫芦,还是头一次见到这样的种子。

他将这粒奇怪的种子种在菜园里。不久,葫芦籽悄悄萌发了,在地面探出嫩绿色的小脑袋。

孟大伯仔仔细细地给它施肥、捉虫子。下暴雨时,把它用瓦盆盖住;刮大风时,在它的旁边插上一根细棍,将蔓儿绑在棍上。

春风渐渐变成了夏风,这株葫芦的蔓儿越长越粗,越扯越长,爬过墙,在姜大婶的院子里开了一朵非常美丽的大白花。花脱落以后,结了一个翠绿色的葫芦。这个葫芦比冬瓜还要大。姜大婶活了大半辈子,还是头一次见到这样大的葫芦。

葫芦成熟后,姜大婶把它摘下来,本来想还给孟大伯。可是,她一掂,可怪!重得要命,根本不像是葫芦。

姜大婶想弄清楚原因,就把葫芦抱进厨房里,放在案板上,用菜刀切开。

哎呀,真叫人想不到,里面竟然睡着一个小女孩。看模样,刚刚十个月。脸蛋是粉红色的,手儿、脚儿胖乎乎的,胎毛湿漉漉的。

她大概觉得冷，张开小小的嘴巴，"哇——哇——哇——"地哭起来。

姜大婶又惊又喜：这不就是自己天天盼、日日想的女儿吗？

姜大婶把女孩抱到热炕上，煮熟羊奶喂给她喝，又给她缝了衣裳，剪了尿褯子。姜大婶高兴得合不住嘴巴。

她只把两个葫芦瓢还给了孟大伯。

几天后，孟大伯知道了这件事。他急急忙忙来到姜家，说："这个孩子是我的！"

姜大婶紧紧抱住孩子不放，说："胡说，她是我的！"

"葫芦明明是我种的，这女孩咋会是你的？"

"葫芦是在我家院子里结的，里面的女孩是在我家院子里出生的。她咋不是我的？"

"没有葫芦籽就没有这个孩子。葫芦籽是金燕子送我的，不是送你的！"

"哦，原来是那只金燕子送来的呀！它是我俩救活的。那么，葫芦籽也是送给我的，女孩也就只能是我的！"

"你真不讲道理！"

"你才不讲道理！"

两人吵得脸红脖子粗，谁也不让谁。

最后，两人约定：由本村年纪最大、办事最公正的一位大爷来评理，老大爷说该咋办就咋办，绝对不准反悔。

老大爷听了事情的原委，皱着眉头想了又想，捋了白胡子说："依我看，这个女孩是你们两家的。你们两个，一个是她的亲爹，一个是她的亲妈。"

孟大伯和姜大婶只得答应了。

他俩接着又问："那么，让她姓孟呢，还是姓姜呢？"

老大爷笑嘻嘻地说："让她姓孟，也姓姜，就叫孟姜女吧。"

打这以后，孟大伯和姜大婶又和好了。

村外的迎春花开了又谢，谢了又开。孟姜女在二位老人的悉心抚养下，一年年地长大了。她十来岁时，长得脸蛋似苹果，眉毛似柳叶，眼珠似葡萄，嘴唇似樱桃，真漂亮！

孟姜女的手特别巧，绣出的花拿到院子里，蜜蜂会来采蜜；织成的布挂在门口，人人都会把它当成五颜六色的朝霞。她非常孝敬两位老人，每天不是在孟家烧水做饭，就是到姜家缝补浆洗。两位老人也十分疼爱她。

邂逅

秦始皇"坑儒"的时候，只逃出了一个书生，他的名字叫作万喜良。

万喜良只有十八岁。脸蛋白净净的，眼球像一对又大又亮的黑宝石，长得很漂亮，是咸阳人。逃脱后，他想秦兵一定会到家里捉自己，就不敢回咸阳，偷偷渡过渭水，朝着北方奔跑……

万喜良跑呀跑，跑呀跑，一连三天两夜没有停脚。到第三天晚上，他跑得头晕眼花，路过一座村庄时，再也跑不动了。他想歇一会儿，可是担心秦兵追来，不敢在路边睡。这时候，圆圆的月亮正照得大地亮堂堂的。他揉了揉眼睛，借着月光，看见村头一家的院墙不高，便跑到跟前，爬上墙一骨碌跳了下去。

万喜良实在太累了，还没有看清楚在啥地方，就闭上眼睛

"呼——呼——"地睡着了。

不知道过了多长时间，万喜良醒来了。他睁开眼睛一看，蓝莹莹的晴空飘着一朵朵彩云。原来，天已经大亮了。他只觉得腰被啥东西垫得难受，一摸，原来躺在菜园里，压着一个老南瓜。

万喜良抬起身子再看，啊呀！眼前站着一位十五六岁的姑娘，正用水灵灵的大眼睛打量着自己。她长得真美丽，比画上的美人儿还要好看。

这个姑娘不是别人，正是孟姜女。她问："你为啥翻墙进来，躺在我家菜园里，是不是贼？"

万喜良慌忙爬起来，向孟姜女又是打躬又是作揖，连声说自己不是贼，是书生。可是，他是个逃犯，不敢讲出自己的来历。因此，也就没有法子说清楚为啥翻墙。

孟姜女又仔细看看万喜良，笑了笑，脸蛋上浮出一对酒窝，说："看你的模样，倒还文文雅雅，不像坏人。那么，我再问问你，你姓啥？"

万喜良不敢说出自己的姓，想编个假的。可是，他是老实人，从来没有撒过谎，就说："我……姓千。"

孟姜女一听，摇摇头。"这个姓不是真的，天下哪有姓千的！"她的眼珠子接着滴溜溜一转，"咦……千万，千万，你大概姓万吧？"

万喜良不由得吃了一惊，暗暗想道：这个姑娘真聪明！

孟姜女又问："你叫啥名字？"

万喜良又想编个假的，可是，他一下子编不出像样的来，就说："我的名字叫东不亮。"

孟姜女扑哧一声笑了，说："这又是你瞎编的，天下哪有这样古怪的名字！唉……东不亮，东方不亮，那就西方亮。你的名字大概是西亮吧？"

万喜良听了，更加佩服这个陌生的姑娘，说："不瞒你说，我就叫万喜良，写作喜欢的喜、善良的良。"

孟姜女追问："你到底啥人？"

万喜良的嘴巴张了又张，舌头翘了又翘，可是，他仍然没有讲。

孟姜女美丽的大眼睛一扑闪："你不说，我也能猜出来……你准是个逃犯。"

万喜良又大吃一惊，结结巴巴地问："你……是……咋知道的？"

孟姜女说："你的两只鞋都烂了，一定是从几百里外跑来的；你在夜里翻墙，跳进别人家的院子里，却累得睡着了；见了生人，连自己的真名实姓都不敢说。你怎么能不是逃犯呢？"

万喜良本来就不会撒谎，见了这样聪明的姑娘，就更加不敢再说假话了，便一五一十地讲了自己的经历。

孟姜女听后，眼圈变湿了，默默地望着万喜良，过了一会儿后，问道："现在你要去投奔谁？"

"我从小就没有了父亲、母亲，没有地方投奔。"

"你现在想到哪儿去呢？"

"我也不知道，只是觉得跑得离咸阳越远越好。"

孟姜女告诉他："从这里再往北走，会遇到关卡。你到那儿会被扣住。"

万喜良没有了主意："那……那……那咋办哩？"

孟姜女很同情这个不幸的书生，想了一阵子后，说："依我看，你别再跑了，就住在我家里。要是有人问你是谁，就说是我表哥。过一些时候，风平浪静后，你再回去。"

万喜良非常感激，说："你是我的救命恩人！"接着，要跪下磕头。

孟姜女连忙拦住，说："千万别这样！"

万喜良问："让我住在你家里，你爹妈会答应吗？"孟姜女点了点头。

"可是我是个逃犯！秦始皇是要抓我万喜良的呀！"

孟姜女笑了笑，说："你的名字又没刻在你脸上，改个名字，不就行了吗？当然，新名字不能叫'千东不亮'。看样子，你虽然是个文人，却不会给自己起新名字。干脆让我替你起。从今往后，你叫范喜郎。你再也不要穿这一身书生的衣服啦，应该换上粗布衣裳，打扮成个庄稼汉。"

孟姜女回到屋子里，向孟大伯讲了遇见范喜郎的事。孟大伯把范喜郎叫来，看出他是个老实人，答应让他暂时住在自己家里。孟姜女又走到隔壁，向姜大婶讲了这件事。姜大婶的心肠好，听着听着流下了眼泪，见了范喜郎后，也答应让他住下来。

差役抓丁

范喜郎虽然说是个文人，可是因为出生在农家，庄稼活样样都在行。自从住在孟姜女家中后，白天不是在孟家碾麦积肥，就是去姜家犁地锄草，连一会儿也闲不住；天黑后，他独个儿点亮油灯，仔细读书、写文章，夜夜都要读到银河变斜。

常言道:"女大十八变,越变越好看。"半年后,孟姜女变得比以前更加漂亮,成了远近闻名的美人儿。三乡六里的小伙子都爱她。孟姜女不爱有钱有势的,就看上了范喜郎。

孟大伯、姜大婶也越来越喜欢范喜郎,都想让他当上门女婿。

在一个迎春花悄悄开放的日子里,孟姜女和范喜郎结婚了。孟大伯、姜大婶的后半生有了依靠,高兴得合不拢嘴巴。

范喜郎和孟姜女有了个想法,乘人们不注意时,悄悄告诉了一位老大爷,老大爷一听,连连点头。

老大爷把孟大伯、姜大婶叫到院子里,指着两家之间的隔墙,说:"今天,喜郎成了你们两家的上门女婿,还要这堵墙干啥?依我看,不如把它拆掉,两家合成一家。"

两位老人听了,都笑嘻嘻地答应了。

邻里们便七手八脚地去拆那堵墙,不一会儿就拆得干干净净。

中国有一句古话:"打起墙是两家,拆掉墙是一家。"就是从这个故事来的。

老大爷对孟大伯、姜大婶说:"现在,两家既然合成了一家,依我看,你们两个老的不如也……"

邻居们听了,都齐声说好。

两个老人你瞧瞧我,我瞅瞅你,心里都一百个愿意,可是都不好意思地低下了头。

这样一来,小两口的婚礼也成了两个老人成婚的典礼。

婚后的第三天晚上,小两口在新房里说着知心话。

范喜郎说:"我要像亲生儿子一样孝敬两位老人,让两位老人晚年的日子过得比蜜还要甜。"

孟姜女点了点头："从明天起，你种田，我织布，省吃俭用地过日子，到明年再盖一院新瓦房。到那时候，咱家就啥也不缺了。"

"还缺一个。"

"啥？"

"胖娃娃。"

突然，"汪、汪、汪……"村里的狗狂吠起来。不一会，有人"嘭、嘭、嘭"地敲门，还大声喊道："快开门，有公事！"

一家四口都知道，这阵儿是"阎王爷下请帖——瞎事多，好事少"，便都慌里慌张地起了床。范喜郎打开门，闯进来几个身穿皂衣、手提水火棍的差役。

一个差役说："你们村家家户户都要出一名男丁去边塞修筑长城。范喜郎，你现在就走，不许耽搁！"

两个老人苦苦哀求道："你们高抬贵手吧！他们小两口成亲才三天呀！"

差役们横鼻子竖眼睛地说："说的什么屁话！修筑长城，是当今皇帝的旨意，莫非你们想抗旨？"

孟姜女气得把眼睛睁得鼓鼓圆，大骂皇帝和差役。

差役们说："嗨，你的胆子倒不小！你要是个男子，就抓进衙门治罪！"

差役们如狼似虎地把范喜郎拉出了门。孟姜女拽住范喜郎的衣襟，不放他走。一个差役，举起水火棍要打孟姜女。范喜郎连忙拉住差役，扭头对孟姜女说："过一年半载，我就会回来的。你在家里，应该多多为两位老人操心，不要为我担忧。"

范喜郎被捉走了。孟姜女号啕大哭,哭得眼也肿了、声也哑了。

舍身筑城

许许多多民夫累死在了修筑长城的工地上。还有不少民夫被活活地饿死、冻死。天长日久,他们都变成了白花花的骨头。

没有死的民夫们,继续在军官和士兵的监督下修筑长城。可是,陕北长城工地大部分地段是沙土,长城非常难修。有一大段长城,民夫们费尽了九牛二虎之力,好不容易修成了;可是没几天,就随着一连串"轰隆隆"的巨响倒塌了。他们只好又重新修筑。可是几天后,长城又随着巨响倒塌了。

就在这个时候,秦始皇带着羽林军来到了陕北。秦始皇指着那一大段倒塌了的长城,问主将:"我上一次到此时,你们正在修它。为啥直到现在,还没有修好呢?"

主将讲了修筑的经过,最后说:"实在没有办法不让它倒塌,臣罪该万死。"

秦始皇思索起来,两只眼睛骨碌碌地转着。

主将以为秦始皇生气了,要处罚自己,很害怕,心里面像十五个吊桶打水——七上八下。

秦始皇说:"只要从民夫中,挑出一万个善良的人筑进长城,就不会再倒塌了。"

主将见秦始皇不但不治他的罪,反而给他出了主意,心中一下子轻松了许多。他立刻命令士兵们:挑出一万个善良的民夫,筑到长城里面去!

士兵们七手八脚地捉民夫、绑民夫。民夫们叫着、哭着,哭声震动了陕北大地。

秦始皇板着面孔,想亲眼看看一万个民夫被活活筑死的场面。

正在这时候,从民夫队伍里大步流星地走出来一个小伙子。他只有十八九岁,虽然被折磨得又黑又瘦,但是两只眼睛仍然闪着逼人的光芒。他大声对秦始皇说:"请把别的民夫放了!要筑,就筑我一个人吧!"

秦始皇冷笑着说:"你一个,能顶得上一万个善良的老百姓吗?"

小伙子拍着胸膛说:"顶得上!我叫范喜郎,原名万喜良,万……喜良,一个顶一万个。"

秦始皇把范喜郎看了又看,说:"哦,你的原名我倒听说过。你就是我坑儒时,逃脱了的那一个书生。没想到,你今天又落到了我的手里。"

秦始皇命令道:"先把他一个人筑进去,试试看。"

范喜郎被活活筑进了长城。

说来也怪,这一次筑成的一段长城,果真没有倒塌。

民夫们看见范喜郎用自己的生命救了一万个人,都感动得哭了。

哭倒长城

孟姜女起五更、睡半夜,不停地飞针走线,用了七天七夜,为丈夫缝了一身棉衣、一顶皮帽,又做了两双棉鞋,也为两位老人缝补好棉衣、棉鞋。

在十月初一这天早上,天刚蒙蒙亮,孟姜女告别了两位老人,取出一口小铁锅、一袋面粉和为丈夫准备的寒衣,一起打成包袱背上,独个儿上路了。

她向北走了几十里路,出了同官县,来到今天的宜君县境内。这里的山一座比一座高,沟一条比一条深,坡一道比一道陡。路面上积了厚厚的一层黄土,踩在路上,黄土不停地往鞋的缝子里面钻。

她走呀走,走呀走,两只鞋里钻进了不少黄土,鞋变得沉甸甸的,当爬到一座山梁上面时,没有法子再走了。她放下包袱,坐在路左边,脱下左脚的鞋,倒掉里面的土,过了半个时辰才倒干净。她又在路右边,倒右脚鞋里面的土。里面的土也不少,又过了半个时辰才倒干净。

如今,谁要是到宜君县云梦乡人民政府南面七里的官道梁去,就能看见这两座土丘。它们分别在大路的两边,一座在东,一座在西,相距有一丈多远。两座土丘上,都长满了绿油油的草,开满了五颜六色的野花。

孟姜女历尽千辛万苦,总算到了陕北长城工地。

哎呀,这工地从光秃秃的黄土梁顶,一直延伸到沙漠深处!天上没有飞鸟,地上没有走兽,天气也比她想象的冷得多。有些地段,长城已经高高地修好了,有些地段正在修。民夫们在士兵的监督下,冒着刺骨的冷风忙碌着。人们都冻得打哆嗦,活像颤抖着的一根根干枯了的芦苇。

孟姜女在工地上来回寻找着范喜郎。

一个百夫长——就是管一百个士兵的小官——望见了孟姜女,喊道:"喂,你是从哪里来的?一个妇道人家,为啥不老老实实地待在家里,而在工地上窜来窜去?"

孟姜女走上前,说明了来意。

百夫长"嘿嘿"一笑,声音活像猫头鹰在黑夜里叫。他说:"范喜郎,他睡着了!"

孟姜女一惊,连忙问:"他是不是害病了?"

百夫长指着已经修好的一段长城,冷冷地答道:"他在那里面睡觉呢!"

孟姜女望过去,啊呀,城脚全是白花花的人骨头!她眼前一黑,差点昏倒,接着张开双手,扑向百夫长,要拼命。士兵们慌忙用大刀、长矛把她拦住。

民夫们怕孟姜女吃亏,急忙把她拉在一旁。

一个民夫向孟姜女讲了范喜郎被筑进长城的经过。

孟姜女听后,难过得倒在地上,昏迷过去。

民夫们想护救孟姜女,可是,士兵们举着鞭子,逼迫他们继续修筑长城。

冰凉的北风吹着孟姜女的头发,片片雪花落在了孟姜女的脸颊上。她渐渐苏醒了,爬了起来,跌跌撞撞地跑到那段长城之下,放声大哭。

她哭呀哭,哭呀哭,哭得狂风铺天盖地而来,哭得太阳月亮没有了光彩,哭得天昏地暗……哭声,震撼着长城,长城在哭声中摇晃起来。

孟姜女哭得最伤心的时候,弯下腰,一头向城墙撞去。只听见"轰隆"一声巨响,沙土飞扬,长城倒塌了!一下子倒了三百里!塌土激起的气浪,把孟姜女推得倒退了三里远。

孟姜女爬起来,奔到长城跟前。塌土里面,横七竖八地露出了许许多多的人骨。

孟姜女紧张地辨认着，看哪一具是范喜郎的。认了一阵子，没有认出哪一具是丈夫的。

孟姜女瞪着一双失去神采的大眼睛，愣住了。

忽然，她想到过去做的那场噩梦来。梦中，喜郎对自己说，他被秦始皇筑进了长城，还说要滴血认亲。看来，是叫自己把鲜血滴在骨头上，看渗入哪一具，那一具就是他的。

她放下包袱，从头发上拔下钗子，刺破左手中指，将血滴在一具骨头上，血不渗入。她又将血滴在另一具上，依然不渗入。

她一具骨头又一具骨头地试着。中指里的血流尽了，刺食指；食指里的又流完了，刺无名指、拇指……左手的指头都刺破了，血流光了；又刺右手的，刺手腕，刺胳膊……

终于，有一具骨架渗进了鲜血。孟姜女再仔细一认，它的大小和丈夫的身量相仿佛。

肋骨上还沾有衣服的一些碎片。她捡起来一瞧，针脚很细，就是自己缝的。

孟姜女又大哭起来。

突然间，她想起：秦兵一定会来捉自己，就急忙拾起丈夫的骨头，往包袱里装……

料姜石的来历

孟姜女背着包袱，冒着比冰还要冷的北风，跑了一百多里路，来到无定河谷。河谷弯弯曲曲，浑黄色的河水畔，有一条路。河谷两边，是一座又一座的高山与黄土塬。

秦兵在将官的率领下，紧紧地追赶孟姜女，活像一群饿狼。

孟姜女一步也不敢停,顺着河谷,没黑没明地拼命奔跑着,一连跑了三天三夜,仍然没有甩脱追兵。

第四天,孟姜女拐过一个大弯,发现路旁边有一条岔路,通到黄土塬巅。她回头一瞧,看不见秦兵——他们被大弯畔的高山遮住了,便脱下一只绣花鞋,扔在路上,急忙向岔路走去……

孟姜女刚刚攀到塬顶,就听见"嘚嘚嘚"的一阵马蹄声——秦兵顺着河谷追了过来。将官在路口愣了一下,看见那只绣花鞋后,就带上士兵继续沿着河谷追了下去。

孟姜女辨清了去同官的方向后,继续赶路。

这时候的孟姜女,已经变得和以前大不一样了:赤着一只脚,头发乱七八糟地披在肩上,白白嫩嫩的脸上沾满了灰尘,衣服上到处是泥垢。沿途的老百姓见了,都用异样的眼光端详着她。

有些人想知道她的来历,走了过来。

有人问:"孩子,看你这副模样,一定是从远方来的,对吧?"

"是从长城工地回来的。"

"你是女人家,却背着这样大、这样重的包袱,里面装的是啥?"

"是我的丈夫。"

人们听了,大吃一惊,便又追问这到底是咋回事。

孟姜女抹着泪水,一边抽泣一边讲了起来。

大伙儿听了,都很同情她的遭遇,佩服她的志气,也都十分痛恨秦始皇的残暴。

从此以后,农村出现了一种新的风俗:如果夫妻两人一起在路上行走,总是女的在前面走,男的在后头跟。这样做,是为了纪念孟姜女。

孟姜女走了一阵,觉得包袱太重了,背着太吃力。她打开包袱,一件又一件地检查着里面的东西,想丢掉几件。

她想:丈夫的骨头,不能丢;寒衣,虽说丈夫已经不能穿了,可是也不能丢;到同官去还有十天的路程,一路上要做饭吃,小铁锅和面粉袋同样不能丢。到底应该丢掉什么呢?她挑了又挑,拣了又拣,只丢掉了香粉盒和胭脂盒。

孟姜女丢东西的地方,便是今天的米脂县。这一带的姑娘虽不涂脂抹粉,但是脸上的颜色都是白里透着红,还出过貂蝉那样的大美人。据说,就是由于孟姜女把粉盒和胭脂盒丢在这里的缘故。

孟姜女包袱的重量,几乎一点也没有变轻。她只好重新鼓起劲,咬着牙,继续往前走。

孟姜女爬上一座黄土山,觉得肚子饿得难受,便放下包袱,取出小铁锅,舀了半锅山泉水,用几块石头将锅支起来。又捡了一些枯枝,在锅下点着火,取出一捧面粉撒在锅里。又折了一根干净的树枝,在锅里搅着,想做面疙瘩吃。

锅开了,面疙瘩在水里"咕嘟嘟"地翻滚着,冒出缕缕热气。孟姜女想:只要吃饱饭,恢复了体力,再用三天时间,就可以回到家乡了。

面疙瘩熟了,孟姜女正要吃,忽然,听见山底下有马叫声。低头一看,啊呀!追兵又来啦。

将官仰起脑袋,张开大嘴巴,在远处大声喊道:"臭娘儿们,你也挺狡猾的呀!你用那一只绣花鞋,害得我们跑了许多冤枉路。现在,你别想再逃出我的手心啦!"

孟姜女慌忙站起来，将面疙瘩往山坡上一倒，把小铁锅塞到包袱里，背起包袱，转身就跑。

那一锅面疙瘩，从山顶往山下乱滚……

这一道山坡在宜君县哭泉乡东北面八里的地方，今天叫料石坡。那儿还有一座小村庄，就叫料石坡村。

料石坡上，到处是料姜石，有的像拳头一样大，有的只有枣核大。虽然大小不一样，但是模样都像面疙瘩。传说它们就是当年孟姜女倒出来的面疙瘩变成的。

地涌清泉

孟姜女离开料石坡后，急急忙忙地向一座云缠雾绕的黄土山爬去。

孟姜女奔到山顶，向南望去，透过白茫茫的云雾，隐隐约约地看见同官银灰色的山巅。

这时候，孟姜女渴极了，喉咙里像有团火在燃烧。她睁圆那双美丽的大眼睛，在山顶上找了又找，可是，到处都是干土、大石头，没有一滴水。

随着"呼呼"的北风，又传来"嗒嗒"的马蹄声。

孟姜女又着急又害怕，可是她实在没有一点办法，便蹲在路边，仰天大哭起来。

她哭呀哭，哭得一只只飞鸟垂下了翅膀，一座座远山低下了头。

她的眼泪，像断了线的珍珠，一串接一串地落在地面。忽然，就在她眼泪落下的地方，裂开了个口子，涌出一股清亮亮的泉水。

她惊喜极了,连忙趴下喝水。啊,这水怪甜的!她大口大口地咽着,喝了个饱。

这时,秦兵已经到了山顶。

这座高山,就是宜君县城南面二十四里处的哭泉岭。哭泉岭海拔1674米,从关中通往陕北的交通干线——210国道从这儿经过。哭泉岭顶,在红桃绿柳掩映之中,有一座青瓦白墙的小镇,叫哭泉镇。镇北头的公路西侧,有一眼水量不小的山泉,叫哭泉,也叫烈泉、烈女泉,它就是孟姜女哭出来的那眼泉。哭泉水质甜美,用来泡茶,茶叶能悬浮在水中。

搬转山

孟姜女背起包袱,离开哭泉,奔过山梁,来到山的南坡。南坡比北坡还要陡。她下山的时候,一连跌了好几跤。

山脚下,有一条小河,河水很清,顺着峡谷"哗哗"地向南流去,它叫同官川。峡谷很窄,谷底到处是横七竖八的大石头,两岸是百丈高山和悬崖峭壁。

孟姜女在峡谷里拼命奔跑着。可是,她实在太累了,越跑越慢。

秦兵在后头一面向孟姜女大声喊着"停下!",一面用鞭子抽打着马追来。

孟姜女想找个地方躲藏。可是,峡谷中的山都是南北走向的,挡不住追兵的眼睛。

前面远处,有一大片灌木丛。孟姜女跑到跟前一看,不由得大声叫道:"啊呀,坏了!"她不得不停下来。

原来,这是一片酸枣树。这种树虽然低,可是浑身都密密麻麻地长满了刺。刺像针一样,还有弯弯的钩儿。

孟姜女连忙向左面一看,是直直的峭壁;朝右面一瞧,是黑乎乎的深沟。怎么办?怎么办?孟姜女将心一横,向酸枣树丛踩过去。

哎呀,这些酸枣树的刺真比狼的牙齿还要利,有的刺戳穿了鞋,有的钩住了衣裳,有的扎进了皮肉,疼得钻心。她的那一只鞋,被刺钩刺得稀巴烂;衣服被撕开道道口子,双脚和双腿处处鲜血直流。

孟姜女走过这片酸枣树丛,又跑了一阵子后,扭过头来一看,只见秦兵已经追过这些酸枣树丛。秦兵都骑着马,枣刺伤不了他们。

眼看秦兵就要追上自己了,孟姜女急得心里像火烧。她想:这又该怎么办?怎么办?

孟姜女放下包袱,东瞧瞧,西瞅瞅,不知从哪来的勇气,张开双手去搬西面的山。刚开始搬的时候,山一丝一毫也不动。可是,她越搬劲越大,终于使山摇晃起来。她鼓出全身的力气,头顶脚蹬,使山移动起来。她继续搬呀搬,搬呀搬,搬得大地在震动,发出炸雷一样的响声;搬得白云迷失了方向,在山间乱飘起来。最后,终于把那座南北方向的山搬成了东西方向,挡住了秦兵。

秦兵见孟姜女竟然把一座山搬得转了方向,都大吃一惊,不敢翻山再往前赶;愣了一会儿后,回去了。

同官川的那一段峡谷,叫神水峡。峡中的酸枣和其他地方的不一样:酸枣刺没有倒钩儿,全是直的——倒钩是被孟姜女拖掉的。每逢阴历六、七月间,峡谷里会开放出许多山丹丹花。花儿是鲜红的——是孟姜女滴下的鲜血变成的。

在铜川市城关——也就是原来的同官县城——北面三十余里处，是铜川市金锁关镇人民政府的驻地。那里有一座十分险峻的关隘，叫金锁关。金锁关有三条通道。其中通往延安、榆林的那条通道的西侧，有一座南北方向的大山，拐了个弯，成了东西方向。它就是被孟姜女搬转了方向的山，叫作搬转山，又叫女回山。

孟姜女与石匠[①]

孟姜女离开搬转山，背起包袱，一瘸一拐地向家乡走来，每一步都觉得非常吃力。

她挣扎着，慢慢走了三十里，来到距离同官县城三里处——清澈明净的漆水河西岸、翠柏密布的金山东麓的水湾。这时候，她连一步也走不动了。

这儿离家乡孟家原虽然只有几十里路，平时再用小半天时间就可以走到。可是，孟姜女心里很清楚：自己是回不去了。

她从包袱里掏出寒衣，一面用火点着，一面轻声呼唤着丈夫的名字，叫他的灵魂快点回来穿上。

寒衣冒着青烟，变成了灰烬。一阵旋风吹来，吹得灰烬滴溜溜地直打转。

孟姜女以为，这是丈夫的阴魂穿上了衣服。她的脸上露出了一丝笑容。

孟姜女刚烧完寒衣，从金山顶走下来一个年轻人。他长得五大三粗，提着铁锤和凿子，显然是个石匠。石匠见孟姜女这副模样，

[①] 见《铜川民间故事集成》。

就关心地问她是谁,是不是生病了。

孟姜女简单讲了讲自己的经历,讲得有气无力。

石匠很同情孟姜女,犹豫了一阵子后,鼓起勇气说:"我没有娶妻,单身在外面流浪。依我看,咱俩干脆结为夫妻。我有的是力气和手艺,一定能让你过上好日子。不知道你愿意不愿意?"

孟姜女连说话的力气也没有,只是痴痴呆呆地坐着。

石匠以为孟姜女同意了,欢天喜地地说:"我就在这儿凿一孔石窑洞,咱俩先住下来再说。"

说着,石匠抡起铁锤,叮叮当当地在石崖上凿了起来。他的手艺实在不赖,凿得又快又好。

孟姜女躺在地上,流着眼泪,睡着了。

石匠刚把窑洞凿成,突然间,漆水河的浪声变了。往常好像唱歌,现在呜呜咽咽,好似妇女在哭泣。

石匠觉得很奇怪,扭头一看,望见了孟姜女僵滞的面颊。他奔过去一看,啊呀!孟姜女已经死了,两只眼睛依然不断地流着串串泪珠。

这个石匠是好心肠的人,他把孟姜女的尸体和范喜郎的骨头,合葬在石窑洞旁边林木最茂密的地方。

不久,孟姜女的泪水渗出地面,不停地流淌起来。

从那时起,直到两千二百年后的今天,埋葬在地下的孟姜女,仍在哭着。她的眼泪,从金山的野花丛中、青石岩缝之间,一直向外流着。以后,人们给这眼山泉起了个名字,叫"泪池"。

后人还在孟姜女死去的地方,立了一块碑,上面刻了六个大字——"孟姜女殉夫处"。还以那孔石窑洞为中心,修建了同官孟姜女祠。据老年人讲，洞内的神坛上原有两座泥塑像，左面是范喜郎，右面是孟姜女。孟姜女睁着一双泪水盈盈的大眼睛，一只手牵住范喜郎的衣襟，好像是要拉着他一块儿回家似的。石窟洞前面，是一座秀丽的祠亭，亭边有一座古老的木牌楼。祠亭与木牌楼之间，立有许多碑石，上面刻着历代文人歌颂孟姜女或赞美孟姜女祠风光的诗词。

（讲述者：李德林，宜君县哭泉乡油台村农民；采录时间：1986年10月。）

传说故事

黄卫平

孟姜女和范喜良[①]

古时候，同官有个孟家原，孟家原住着两个相邻的孤老汉——孟老汉和姜老汉。孟老汉是个种菜的好手，有一年，他在墙根种了一棵葫芦。那棵葫芦藤长得特别茂盛，一下爬过墙去。过了一段时间，在姜老汉的墙那边结了一个葫芦。俩人精心照料，到秋收时，葫芦一下子长到十八斤重，他俩高高兴兴地把它抱回家，想对半切开，一人一半。刀刚一碰到葫芦，只听"咔"的一声，葫芦就裂开了。啊呀！里边睡了一个惹人喜爱的小女孩，俩人高兴得合不拢嘴，就给小女孩取了个名字叫孟姜女。

这孟姜女自小聪明伶俐，俩老汉视若掌上明珠。孟姜女长大成人，俩老汉想给她找个称心如意的女婿，可挑来挑去，总是不如孟姜女的意。有一天夜里，狗叫了一个通宵。天没亮，孟姜女开门去菜园浇水，见一个年轻书生靠着墙睡着了，不由得吃了一惊。原来，这书生叫范喜良，秦始皇筑长城，凡年轻力壮的都要抓去服苦

[①]《中国民间故事集成·陕西卷》，中国ISBN中心出版社，1996年9月第1版，第194页。

役,范喜良自料难以经受那折磨,只得远逃他乡。孟姜女把范喜良惊醒了,见范喜良眉清目秀,心生爱慕。孟老汉与姜老汉一商量,招范喜良为婿,当即完婚。

谁料,就在孟姜女和范喜良洞房花烛之夜,一伙差役硬把范喜良拉走了。孟姜女哭啊哭,一天两天过去了,孟姜女照样哭着;三天四天过去了,孟姜女还是照样哭着……最后连花烛也被感动了,一点一点地流下了泪,陪她哭到了天明。

(讲述者:袁常宝,铜川市煤矿工人;采录时间:1974年;采录地点:铜川市矿务局。)

烛泪

孟家原有个种菜好手,叫孟老汉。他种的菜籽没有不发芽的,栽的藤没有不结瓜的。孟老汉活到胡子花白,也没有个孩儿,只是守着菜园过日子。

有一年,孟老汉在和邻居姜老汉相邻的墙根种了一窝葫芦。姜老汉同孟老汉一样,没有孩子,两个孤老头也就格外亲密。那葫芦藤枝枝蔓蔓地长得特别茂盛,一下爬过墙去,绿油油的叶子十分喜人,可就是不开花结果。

有一天,孟老汉正在那儿侍弄藤架,瞅着那茂密的蔓儿发愣,嘴里还自言自语:"多好的蔓,你要能不结葫芦,给我结个小闺女,我就称心如意了!"

说话声传过墙去,姜老汉也在看那葫芦藤,他听见了,就问道:"大哥,是不是葫芦结得特别多,把你乐的?"

孟老汉回答说:"哪里,还没结上一个呢!"

姜老汉说:"别开玩笑了,看你的葫芦都结到我院里来了,还说没结一个。"

"真的?"孟老汉一听,连忙过墙来看,果然墙这边结了个葫芦。这下把孟老汉美得胡子直翘。从此,他经管得更勤,简直连心血都浇上去了。那葫芦呢,越长越大,慢慢地墙上的蔓挂不住它了,俩老汉就给葫芦做了个吊篮。葫芦在吊篮里长啊长,到秋收时,一下长到了十八斤。

收葫芦了,两个老汉像抱小孩似的把葫芦抱回家,把葫芦对半切开。啊呀!里边真的睡了个如花似玉的小女孩,老哥俩心里甜得像吃了蜜。孟老汉乐呵呵地对姜老汉说:"多好的一个闺女,这是咱俩孤老汉的福气,快给起个名字吧!"

姜老汉也笑呵呵地说:"是呀,这是咱俩的闺女,就叫孟姜女吧。"

孟姜女自小就聪明伶俐惹人爱,五岁会唱歌,七岁会写字,到九岁就能刺绣,十三岁时就出落得一表人才。两家都把她当作掌上明珠。这十里八村的谁见了谁夸呀!

孟姜女长大成人,孟老汉开始物色女婿了,可挑来拣去,总是不如孟姜女的意。有一天夜里,狗叫了一个通宵。天未亮透,孟姜女开门去菜园浇水,看见一个年轻书生靠着菜园的柴扉睡着了,不由吃了一惊。她的走路声惊动了书生。他见是菜园女主人,急忙上前施礼。原来,这书生叫范杞梁,秦始皇要筑长城,凡年轻力壮的后生都要抓去服苦役。范杞梁是个书生,自料难以经受那折磨,只得远逃他乡,为了躲避追兵,半夜越过柴门,躲进了孟家屋后的菜园。

孟姜女见范郎眉目清秀,说话彬彬有礼,顿生爱慕之心,又听范郎叙说得悱惶，深感同情。范郎见孟姜女举止落落大方，又是娇娇玉容，也是一见钟情。两人正相对无言，被孟老汉瞧见了，他就问及范郎身世，知道他也是苦藤上结的苦瓜，心想自己年纪大了，应当为小女择婿，今见孟姜女中意，自然喜欢。孟老汉便同姜老汉商定：招范郎为上门女婿，并择定了吉日良辰，给孟姜女和范郎完婚。

光阴似箭，吉日转眼就到。新婚之夜，洞房内花烛高照，新床上撒了大红枣子（撒红枣意祝早得儿子），唢呐吹起《双龙戏凤》。一片喜气洋洋中，浓妆艳抹的孟姜女和范郎拜完了天地。正要吃合卺酒，突然院门外闯进一群如狼似虎的差役和秦兵，不由分说，掏出铁索，往范郎脖子上一套，拉着就走。

孟姜女顾不得当新娘的羞涩，扑过去要追范郎，被秦兵踢倒。"范郎！范郎！"四野里回响着孟姜女的哭喊声。

范郎被抓走了，孟姜女也不梳妆，也不打扮，天天晚上坐在她的新房里，叫着范郎的名字哭，可陪着她的只有花烛和自己的孤影。一天两天过去了，孟姜女这样哭着；三天四天过去了，孟姜女还是这样哭着……哭得连花烛也被感动了，一滴一滴地流下了泪，陪她哭到天明。

烛泪的传说就是这样来的。

绣花鞋[①]

孟姜女扒倒长城，滴血认出范郎尸骨，带着往回赶。军士报知

[①] 原题目为《哭泉》，见《中国民间故事集成·陕西卷》，中国ISBN中心出版社，1996年9月北京第1版，第196页。

百夫长,百夫长又报告了守城主将,主将怕秦始皇降罪,便命令百夫长率领骑兵捉拿孟姜女。孟姜女为了逃避追兵,只是拣荒僻小道走,不觉就来到了铜川地界。

孟姜女跑得筋疲力尽,身后却传来隐隐约约的马蹄声,眼看就要被秦兵追上,心里不由得焦急万分。她抬起头四下张望,发现前边已到三岔路口。两条岔路,一条往东北,通往榆林;一条往东南,通往咸阳。孟姜女顿时有了主意。她紧行几步,在通往咸阳的路旁脱下一只绣花鞋,放在那里,自己却转身往通向榆林的那条路奔去。

紧追过来的秦兵果然中计,走在前面的秦兵发现孟姜女遗下的那只绣花鞋,便拿去报告了百夫长。百夫长以为孟姜女往咸阳那条路去了,便指挥骑兵,马不停蹄地一直追去。

孟姜女沿着去榆林的那条路赶了一小段路程,就累得再也迈不开步了。她放下包袱,正想去找口水喝,身后又传来了急促的马蹄声。原来秦兵在去咸阳的路上寻不见她的踪迹,断定她走了岔路,便又追了过来。这下可叫孟姜女绝望了,躲吧,荒山秃岭没处躲;跑吧,腿重如山跑不动。她不由得对天长叹了一声:"老天啊!我孟姜女虽死无怨,只是谁来埋葬范郎尸骨呀!难道我孟姜女这么深的苦,你也不体恤吗?"说话间,马蹄声越来越响,连秦兵的吆喝声也能听见了。孟姜女心想,要是叫秦兵追上,难免一死,还不如背着范郎尸骨跳崖。她这样一想,力气也有了,一下子站了起来,一步一步地向山崖边走去,一边走一边哭。正在这时,突然"轰"的一声巨响,天摇地动,孟姜女身后的大山,调转了方向,挡住了她身后的那条路。

秦兵正在纵马追赶，已经看见孟姜女了，谁知却叫横转过来的那座大山挡住了去路。秦兵找不见路，天又渐渐黑了，只好拨转马头，回营复命去了。

孟姜女躲过了秦兵，心中暗暗庆幸，可是肚里已是饥肠九转，饥饿难忍。更难忍的是渴，她跑了一天路没喝上一口水，嘴唇干裂了，嗓子简直要冒烟，在四周找了一圈也没有找到一滴水。孟姜女就坐在那里哭了起来。她越哭越伤心，泪珠不断线地簌簌往下掉，一滴一滴地滚进了黄土里。说也奇怪，就在孟姜女眼泪滚进黄土的地方，突然发出了"咕嘟咕嘟"的响声，二眼泉水慢慢地从地下冒了出来，越冒越粗，越冒越高，以至溅湿了她的衣裙。她高兴地赶快俯下身子，用双手掬起了清泉水，大口大口地喝了起来。最终，她躲过了追兵，回到同官。

后来人们就把这眼泉叫作哭泉，把那道岭就叫作哭泉岭。那座横转过来的大山就是女回山。这儿所有的山脉都是顺着相同的方向伸向前方，只有女回山是横卧在群山之中的。据说那山就是因为救孟姜女才改变了原来的走向。

（讲述者：赵映都，男，东坡矿矿工；采录时间：1975年夏；采录地点：东坡矿。）

胭脂盒

孟姜女有个胭脂盒，是她的范郎留给她的。他是个书生，离家的时候他就带了一个青铜的墨盒，以备读书写文章用的。在孟家原，他就把这个墨盒当作定情物送给了孟姜女，孟姜女就用它装了胭脂。范郎被抓走后，她便不梳妆不打扮，也再没有用过胭脂，但她常常把胭脂盒放在枕边,想范郎的时候,她就把胭脂盒看一遍,又抚摸一遍。千里迢迢给范郎送寒衣,她把胭脂盒也带在了身边。

孟姜女哭倒了长城,早就惊动了筑城墙、守边关的大将军蒙恬。看看长城就是筑不完,筑好的长城又被哭塌了,那还了得,秦始皇要怪罪下来那就是杀头的罪。蒙恬怕秦始皇降罪,便命令一副将率兵追赶,严令必须把哭倒长城者捉拿回来,好向秦始皇禀报。于是一队骁骑兵快马加鞭,直追孟姜女而来。

孟姜女这时正在赶路,但是走得不快。忽然她听见了乌鸦叫,那叫声很是凄厉,孟姜女抬头一看,几只乌鸦原来冲她叫呢,她一想,准又有事啦。她朝着乌鸦走过去,那乌鸦唰地飞走了。她朝乌鸦飞去的方向一看,想追那乌鸦。呀!不好了,后边烟尘滚滚,马蹄嘚嘚,是秦兵追来啦,乌鸦是来报信的呀!孟姜女于是拔腿就跑,拼命赶路。跑呀跑呀,跑了一阵,孟姜女就跑不动路了。怎么办呀,孟姜女一想,准是自己的包袱太重了,背着费劲跑不快。她打开包袱,只留下了丈夫的骨骸、她为丈夫亲手做的棉衣和那个胭脂盒。

孟姜女刚把随身携带的衣物扔掉,马蹄声又远远传来了,孟姜女赶快又跑。那马蹄声越来越急,人当然没有马跑得快,秦兵快追上来啦。孟姜女掂了掂包袱,包袱还是太重,她想到了那个胭脂盒,那可是青铜的呀,是范郎留给他的唯一可当作念想的东西;可又一想,古人有舍财买义的,为什么我不能舍物而重情呢?还是赶快回家,让范郎入土为安,陪伴自己的老父亲吧,他老人家一人在黄泉路上正孤单呢!

于是孟姜女咬了咬牙,扔掉了她的胭脂盒,就又赶路啦!

孟姜女扔胭脂盒的地方便是今天的米脂县。米脂有了孟姜女的胭脂盒，水土一下就变化啦，原来这一带的姑娘和其他陕北女子一样，健壮粗朴，可自从孟姜女把胭脂盒扔在了这里，米脂女子就一下变得水灵白皙、红光满面啦，米脂婆姨就成了陕北有名的美女啦。

米脂县原来不叫米脂县，后来为什么改名叫米脂？一是因为这里有小米，它是这里人们生活的必需；二是孟姜女胭脂盒里的胭脂使得这里出美女，所以这个地方就改名米脂啦。

传说后来一代一代妇女用的粉盒、胭脂盒也是从孟姜女的胭脂盒演变来的。

（讲述者：尚俊贤，曾任教师；采集时间：2003年8月；采集地点：印台区金锁乡半截沟村。）

孟姜女故事

张敦竑

由来[①]

秦朝时期，有两个邻家，一家姓孟，一家姓姜，都是有钱人家。两家的房子是墙挨着墙，栌[②]挨着栌。

一天半夜，孟家厨房失火，把姜家也给连累了。结果，两家都烧得片瓦不存，当夜在家的人无一幸免。好在那天孟家儿子去邻村拜丈人，姜家媳妇回了娘家，这才幸免于难。

两个人把自家的房子重新拾掇了之后，各守一家勤劳度日。数年之后，这一鳏一寡还是隔着一堵墙，孟老头西边住着，姜老婆东边住着。

孟老头闲来无事，在自家院子种了一棵西瓜苗，浇水、施肥、拔草，虽说只是一棵西瓜苗，孟老头还是精心培育。瓜苗开始爬藤了，顺着墙一直爬到了姜老婆院里，结了一个大西瓜。秋后，瓜成熟了，孟老头要到姜老婆院里摘瓜，姜老婆不让，两人就吵了起来，让邻居给劝开了。孟老头就到县衙告官，说是姜老婆霸着他的

[①]《志丹书库》，中国文史出版社，2014年1月北京第1版，第414页。
[②]即榉栌，古代指斗拱。

瓜不给。

县官传二人到堂，孟老头说是他种的瓜，姜老婆说是她培育这颗瓜长大的。县官一听，孟老头种瓜在孟家院里，姜老婆不培育怎能长大？姜老婆培育瓜在姜家院里，孟老头不种瓜哪有藤蔓结瓜？就宣判说："你院种瓜结在她院，她不培育怎能成瓜？你院结瓜他院种，他院不种怎能结瓜？一种一养两家都有份，八月十五吃瓜，我大老爷来分瓜，此瓜暂时由姜老婆保存，退堂！"

八月十五那日，县官传孟老头到姜家院子。刀案都预备齐全，县官抱起西瓜往案板上一放，没想到瓜刚挨上案板，就往地上一滚，摔成了两半，里面跳出一个女婴，穿着红肚兜。县官吓了一大跳；孟老头也惊呆了；姜老婆一见女婴满地跑，开心地一把抱在怀里，用衣襟把女婴给裹住，心疼地说："我的娃，我的娃哦。"

这一下提醒了孟老头，扑过去就抢，说："这是我的娃，没你的份儿！"

两人开始拼命地争夺，县官一看两人跟疯了似的，忙喊："住手！你们这样抢会把孩子给吓坏的。老爷我给你们做主，都停下！"

孟老头说："我种的就是我的，得判给我。"

姜老婆说："是我培育的，谁也不给。"

县官老爷心想，这次可不是西瓜了，不能各分一半了，但是给谁也不行，心念一转，有了主意："今天，老爷我做主了。你们两家一鳏一寡，一种一养，这孩子就是两个人的。师爷做媒，老爷我做证人，你们两人结成夫妻，两家院子中间的墙拆了，合成一家，共同抚育这个小孩，如有差错，老爷我依法论处，听清了没？"

孟老头一个人过了那么多年，一下有了妻子也有了女儿，乐得说不出话来，冲着县官直点头；姜老婆抱着女婴害羞地低着头笑。县官老爷一看这情景，心知两人都乐意，就说："既然你们两个都没意见，就这样吧。老爷我再给这孩子取个名字，就以你们两个人的姓为名吧，叫孟姜女。"

两人高高兴兴地抱着孩子回家去了，守着这个可爱的小女孩过起了日子。

哭长城[①]

孟家是大户人家，生有一女，取名孟姜。孟姜从小被父母娇生惯养，视为掌上明珠。

五月端午，天气炎热，孟姜女在后花园中玩耍，一时兴起，退去左右丫鬟，独自在花园的水池中洗澡。花香绕鼻，艳阳高照，孟姜女兴致正高时，突然从花园墙上跳进来一书生。那书生一进花园，就找花丛躲藏，孟姜女吓得急忙跳出水池想找地方躲起来，不想与书生迎面相撞。孟姜女羞得只能再往水池里躲，紧接着官差也冲进了花园，见一女子裸着身子在池中洗澡，不见他人，遂退出花园。

原来，逃进花园的书生名叫范喜良，是一个没落的书香子弟，因战争被抄满门，只剩下他一人。这年，秦始皇下令三年内要打成边墙，所以官差到处捉拿书生、儒生服役打边墙。范喜良为躲避官差才逃进了孟家花园，巧遇孟姜女在花园里洗澡，这才躲过一劫。差人退出后，他也就慌忙离去。

[①]《志丹书库》，中国文史出版社，2014年1月北京第1版，第411页。

孟姜女梳洗过后就去面见父母，父母见女儿满脸泪水，问为何落泪。孟姜女就问："女儿家之身谁能见得？"

母亲说："抚养你长大的父母。"

孟姜女又问："还有何人能见？"

母亲说："你未来的丈夫。"

孟姜女低下头，害羞地把在花园的经历告诉了父母，父母一方面不想违拗女儿的心愿，一方面顾及女儿的声誉，也就同意了这门婚事。不日，就托媒婆上门说亲，招婿进门成全了小两口。

刚拜了天地准备入洞房的时候，官差突然冲进来就把范喜良给抓走了，孟姜女和父母悲哀无比，不由大哭，邻居和前来贺喜的人安慰了一番，都叹息着离去了。

孟姜女在家日日盼，夜夜念，盼着自己的夫婿能早日回家，父母看在眼里疼在心里，比女儿更着急。想着女婿在边疆不知是生是死，想着女儿的日后，老两口的身体每况愈下。眼瞅着已是秋后，即将天寒地冻，孟姜女想着自己的夫婿没有一件御寒的衣服，就想做件寒衣给他送去，可又想到父母年老体弱，在家无人照顾，急得直掉眼泪。父母心疼女儿，便问为啥哭，孟姜女把难处一一说知，父母一急，第二天双双撒手人寰。孟姜女悲痛万分，在邻居的帮助下，料理了父母的丧事，并在家守孝三天，到了十月初一才带上寒衣动身去往边疆。自此，就有了十月初一送寒衣的习俗。

孟姜女走了一个月，好不容易才到了陕北三边，也就是现在的定边县。只见墙高数丈，只有少数人在那里清理整修，上前打问范喜良在何处，问了十个人，有的说不知道，有的说可能是累死之后打进墙内了。孟姜女接连寻了好几天都没有消息，人们都说可能打进墙内了，孟姜女一听，号啕大哭。一声大嚎过后，只听得"轰隆"一声，犹如巨雷一般，打好的边墙全部倒塌。孟姜女一看，墙内尸骨无数，不知道哪副尸骨才是自己丈夫的，急得如疯子般扯着一副副尸骨痛哭。旁边有一个老者看见不忍，就说："你若真心认夫，那就滴血认骨，渗血者就是你的丈夫。"

孟姜女一听，一口咬破手指，滴血辨认，百十副尸骨辨认过后，果然有一副尸骨往里渗血，于是，她带着丈夫的尸骨回家乡入葬。

民谚：孟姜哭断长城路，万里长城一旦休。

（陈瑛 搜集）

捉孟姜女[①]

话说孟姜女给夫君送寒衣，结果一哭哭倒了边墙，守墙的兵将赶紧上报给秦始皇。秦始皇不信，不一会儿时间四面八方的快马来报：东边墙倒，西边墙倒，南边、北边的墙都倒了。秦始皇骑马到高处视察，一看那原本像条乌龙一样的万里长城（即边墙）已经全部倒塌，询问修长城的民夫到底是怎么回事，民夫说是孟姜女前来寻夫，大哭将墙给哭倒了，此事属实。秦始皇一听大怒，命人即刻贴出告示，捉拿孟家女，一旦抓获，碎尸万段。

民夫们见秦始皇如此动怒，都偷偷地给孟姜女报信，并暗地里帮助孟姜女逃跑。孟姜女背着夫君的尸骨一路南下，从山边（定边）一路跑到了志丹（原保安镇）的柳家沟山坡下，因为鞋里进了土，也实在走不动了，见没官兵追来，便就地坐下，脱下鞋子

---

① 《志丹书库》，中国文史出版社，2014年1月北京第1版，第417页。

一倒，倒出两堆土疙瘩。孟姜女走后，这两堆土疙瘩就长成了两座山，百姓给其取名叫奶头山，后来改名为奶头塔，因为两座山形状似塔。

天黑的时候孟姜女跑到了大川的任坪村，只问村民要了点吃的，也不敢在村民家留宿，怕官兵追上了连累村民，就住在了山岩下。早起小便，走了之后，这地方就成了一眼山泉，清澈无比。百姓就在原地修建了一座小庙，取名"孟姜庙"，并在泉水的源头塑像。秦始皇知道后，下令毁掉了这座庙。后来，老百姓又在原处重新修葺，改名叫娘娘庙，每年的农历五月二十七日举行庙会。据说，到这里来求儿求女的百姓，只要烧上一炷香，喝上一口水，就能生育，百试百灵。

秦始皇派人毁掉百姓修建的孟姜庙后，又跟踪追击，命令一定要捉拿到孟家女，他倒要看看，是什么样的女子竟然哭倒了万里长城。就这样，从北到南，一直把孟姜女逼得无处落脚。到了宜君山顶，孟姜女累得口干舌燥，嗓门简直要冒烟，却找不到半点可以喝的水。她靠在树干上直喘气，坐着坐着，悲从中来，也不顾追兵会不会听到，不禁放声大哭起来，哭得肝肠寸断，晕倒在树下。不知道过了多久，孟姜女醒过来的时候，感觉到嘴边有泉水在流，睁眼一看，果然，在自己晕倒的地方有一条细细的泉水流过。她赶紧掬起泉水，美美地喝了个饱，顿时感觉身上又有了力气，拔腿又开始跑。原来，是土地神听到孟姜女哭得如此伤心，不忍心，就在地上钻了一个小孔，引出泉水给她解渴。后来，当地的百姓在此地盖了一座孟姜女庙，立碑记载，给泉水起名哭泉。

追兵一直跟在孟姜女的后面。到了铜川的北峡口，孟姜女实在是跑不动了,就想了个法子,把从小佩戴的金锁子挂在路边的岩石上,又在河边脱下一只绣鞋,造成投河自尽的假象。果然,追兵到了跟前,发现金锁、绣鞋,认为孟姜女已经投河死了。哪知,秦始皇下令打捞,即使是死了,也要见见这个哭倒长城的奇女子。结果打捞了三天三夜,一直捞到铜川城都没有捞到尸体。秦始皇知道这是孟姜女的计谋,下令继续往南追捕。此峡口也就得名"金锁关"。

  孟姜女一直跑到现在的渭河边,见河宽水又深,却没有船,无法渡河,坐在河边又是一顿痛哭。后面的官兵已经追了上来,实在没有办法,只得抱着丈夫的尸骨纵身跳入河中。百姓为了纪念孟姜女,将县名改为委难县,将此河更名为委河,并在河边立碑刻文。秦始皇看到后,大怒,下令捉拿立碑人,立碑人无奈,也投河自尽。百姓只得将委难两字改为渭南,委河改为渭河,音同字不同。渭南县和渭河之名也因之而来。

(陈瑛 搜集)

长　城

贾福义

长城上的豁豁①

长城上头靠外面齐格嶒嶒，靠里面都是豁豁牙牙的，你知道豁豁咋来的？那是孟姜女寻丈夫时候扒下的。孟姜女为啥要扒长城呢？这事还得从秦始皇修长城说起。

秦始皇灭了六国，在咸阳坐了天下。传说有一年夏天，秦始皇悄悄离开咸阳，到一个县城去私访，天黑时走到城外一个马车店里。秦始皇害怕有人害他，没敢在店里住，就在店外地上铺些草安歇。

到了半夜，一个秀才出来解手。他头一仰，向天上看了一会儿，自言自语地说："怪啦，紫微星咋离了位啦。"

秦始皇听见后，打了一个冷战，心里想："这人咋恁能的，我离了朝他咋知道？"等那个秀才进屋后，他急忙从车底下钻出来，跑到店旁一个大空空树前，钻到树洞洞里。

那个秀才进屋后给另一个人说："怪事，我刚出去时，看见紫

---

① 关化文，章毅主编：《玉华传奇》，陕西人民出版社，1988 年 8 月第 1 版，第 51 页。

微星离了位了。"另一个读书人听了后也出来看。他向天上看了一会儿说:"没啥,紫微星是离了位,可木星相救着哩。"

秦始皇听了,又打了一个冷战,起了一身鸡皮疙瘩。他想:"我离了咸阳私访,给谁都没说,文武大臣没一个人知道,可人家就知道我离了位。我钻到这空空树里,人家又说有木星相救着哩。这伙读书人不得了,日后还不把我这万里江山给推翻,得想办法把这伙秀才除了。"

秦始皇回到咸阳,想了几天几夜,想不出一个妙方。后来他想,无毒不丈夫,干脆打边墙、修长城,把天下的读书人都填进边墙里去,再把书一烧,以绝后患。

第二天上朝,秦始皇给文武百官说:"如今天下一统,万民安乐,为了江山稳固,我打算让人从临洮到辽东,修一座城墙,各位大臣意下如何?"文武百官听了,没人敢说个"不"字,一齐应声:"我主高见,皇上英明。"

"长城要修多长?"领旨的大臣问秦始皇。

秦始皇想了一会儿说:"我这江山万里长,翻一番,修个两万多里。要动员全国的人力修,修一里填一个秀才镇城。"

扒长城

秦始皇修长城的命令一下,弄得鸡飞狗上墙,把读书人整扎了。一里填一个人,两万里就是两万个,吓得不少秀才烧了书,换了衣服四处逃难。有一个叫万喜良的秀才也不知从啥地方逃到咱同

---

① 溜,指墙土塌落。

官避难来了，你想，哪能躲得过去？

秦始皇修长城，出了个怪事。啥事？开始修城墙不溜①，后来一个劲溜哩。前头打，后头就溜。秦始皇弄不清啥原因，就叫了一个阴阳先生来看。

阴阳先生到修城的地方转了一圈，给秦始皇说："要叫墙不倒，得把一个叫万喜良的打进边墙。要不然打多少，溜多少。"

秦始皇听了阴阳先生的话，就派人四下里寻找万喜良，结果在咱同官给找着啦。原来万喜良逃到同官后，无处投奔，又饥又渴，饿昏在孟姜女家门前，孟姜女救活了他，觉得他善良可亲，就和他结为夫妻，两人结婚才刚刚三天。秦始皇听说找到了万喜良，不管三七二十一，把万喜良披枷带锁，押到了长城下，打进了边墙里。

你说怪不怪，自从把万喜良打进边墙，那长城也真不溜了。

孟姜女在家里左等右等不见丈夫回来，急得咽不下饭、睡不着觉。天气冷了后，她想起丈夫被抓走时，只穿一身单衣，这冬天咋熬哩，就连夜做了一身棉衣，要给丈夫送去。

孟姜女不知走了多少天，翻了多少山，吃了多少苦，才到了长城下。问人，说万喜良一押到就被打进长城里去啦。孟姜女气得发疯，她疯疯癫癫地顺着长城跑，一边跑一边扒，把边墙扒开一个又一个的大豁豁，也没有找见丈夫的尸体。只是这么一扒，把长城的一边扒得豁豁牙牙的。

（讲述者：杨同郎，男，印台区农民；采录时间：1987 年 5 月；采录地点：铜川郊区冯家塬村。）

孟姜女的传说

刘汉腾

相思亭[①]

绥德县城南三十里的田庄镇附近,至今仍然有许多孟姜女的遗迹[②],这里所流传的孟姜女故事跟其他许多地方的民间传说大不一样。

相思亭在田庄镇东二三里的寺湾村前淮宁河河槽当中的一座小石山包上,是进入古绥德地界的一处景致。历代文人墨客路过这里时,都少不了要登上亭子去看一看,吊古伤今,吟咏题留。这亭子为啥有这大的名气?老人们代代相传,说是和孟姜女千里寻夫有关系哩!

孟姜女是哪州哪县人说不清楚,她千里送寒衣可是真的。传说,孟姜女心怀一片忠贞,从同官(即今铜川市)、延安一路北上,进入咱这古绥德州地界时,天气都已经大冻了。可怜那孟姜女经沿路风吹日晒、千里熬苦,原初的人模样竟连点影影都没了。一

[①]《绥德文库·民间故事卷》,中国文史出版社,2004年1月第1版,第317页。
[②] 镇南四五里的阳道峪村有孟姜塌,山塌口里有孟姜女庙遗迹;镇东四五里的海圪沟村前淮宁河南岸的河槽石畔路面上,据传有孟姜女的一双赤脚印记。

天，她赶路来到寺湾，已是日落西山。她沿门去讨吃喝，还乞告人家能够让她留宿一晚上。人家见她蓬头垢面、衣着肮脏，只给她一点吃喝，都不情愿让她留宿。孟姜女没办法，只好来到村前四处张望，想寻找个过夜的地方。恰巧，寺湾村前住个无赖光棍汉，专门以开黑店、拐骗打劫过路单身客人为业。他细看孟姜女的容貌并不老，听口音又是从远路来，心里就起了那号瞎心眼，说："这位大嫂！我家开个小店，现空着，就到我的小店去住一晚！"

孟姜女说："我身上未带分文，住了店，明天拿什么来给你开店钱？"无赖光棍汉答道："大嫂身上有的是值钱的东西，何愁明天没法来开店钱？"

孟姜女见他贼眉贼眼的不是个好东西，就实打实地告诉他说："我身上所背的，只是我丈夫的几件衣服，甭说都不值几个钱，就是真的值千斤万两，我又怎能忍心变卖？"

那无赖光棍汉忙顺口答言："你丈夫是谁？做什么去了？现在哪儿？你又何苦要远路风尘寻着给他送衣服？"

"我丈夫叫万喜良，洞房花烛之夜被抓去修边墙，一去二年，是死是活杳无音信，这如今在哪儿，我孟姜女又怎能知道？"

那无赖光棍汉听了直摇头，说："嗨嗨！不像！不像！只听人们传说，那孟姜女才不过十七八岁年纪，如你这样老槎的'孟姜女'，从这道大路上过往的，成天不知有多少，我看你也就甭再蒙人了，身上不带分文也行，准保难为不定你。走！只管跟我住店——"

两只眼里能看出的比两只耳朵听见的更清楚。孟姜女心里直发呕，猛回身看见路边那河槽中央有座鼓鼓圆圆的小石山包，心里不禁暗自思量：就到那上面去住一夜算了！那儿四面隔河，离村舍又最近，野狼疯狗不会来，万一有坏人要胡作害，叫喊一声，村前后的人家都能听得见哩！

那无赖光棍汉不死心，忙又骚情地叫喊说："唉！这位大嫂！你跑到那么一颗孤孤的干石头疙瘩上去过夜，就不怕把你冻坏？"

孟姜女连头也没回，直冲那河槽走，说："自有老天爷会照应我哩！"

那无赖光棍汉就一直守在河岸这边。还没到夜深人静，只见那小石山包上突然间一片明灯亮烛；没多时辰，又听见那小石山包上人欢马叫，迎亲的锣鼓唢呐声由远而近，一阵比一阵红火热闹。那无赖光棍汉觉得十分奇怪，虽然心里猴急得撑不住，一时间却又不敢贸然蹿到河槽那面去，害怕去了撞着邪魔。正当他疑疑惑惑地既害怕又不死心的时候，从小石山包上那迎亲的锣鼓唢呐声中，清清楚楚地传来孟姜女的几声叫喊："万郎哥等一等！万郎哥等一等！"那无赖光棍汉听了，心里直打战："孟姜女早睡迷了，这阵子正说梦话哩！再不过去，还等啥时候？"他鼓起贼胆，心想一个猴蹿就扑过河槽去，不料想几次都用尽了力气，浑身竟丝毫动弹不得！真正才日怪了，是胳膊和腰腿哪件子出啥毛病了？他想伸出手去摸摸看，双手竟连一只也抬不起来。那无赖光棍汉这才暗暗地服了：自家的脚脚手手竟都不由自家了，那孟姜女真格有老天爷在照应着哩！

第二天一大清早，孟姜女又到寺湾村里去乞讨吃喝，打问去万里边墙的方向和路径。那无赖光棍汉的胳膊腿也都能活动了，只是干干受了一整夜的冷冻和惊怕，竟变得疯疯癫癫，只会紧紧跟到孟姜女的屁股后面一而再，再而三地问说："好大姐！你昨晚上梦见啥来？又看见啥来？"孟姜女既嫌他麻烦不过，又见他疯疯癫癫也很可怜，就以实相告说："只梦见万郎引着花轿响吹细打来迎我，定夺了我们的终身大事！黎明后过河来，只看见你还在河槽这边岸上干干受冻着哩！"

据传说，那无赖光棍汉成天孟姜女、孟姜女叫唤个没完没了，没多久便死了。后来，人们便在那座小石山包上为孟姜女修了一座相思亭。千百年来，那淮宁河里大洪水发过上万次，可那相思亭却怎都淹不了也冲不毁。相思亭为啥能这么神奇？就因为那座小石山包上有孟姜女夫妻两人的英灵。任洪水再大，那小石山包就自个儿往高里升，让相思亭永远都要高出洪水面一截子，保佑孟姜女夫妻俩的英灵永远不惊怕！

入庙成神[①]

陕北民间差不多月月有一个大节令。"十月一，家家哭！"为啥这一天家家都要哭呢？那《十二月歌》里有这么一段："十月那里来十月一，可怜不过那孟姜女；万里那边墙一声哭，夫妻相认烧寒衣[②]！"原来这个节令就是由孟姜女千里路上送寒衣，一声哭倒万里边墙流传下来的。至今，陕北城乡的老百姓家家户户仍遵从这一习俗，每逢十月一，便给死了的亲人上坟烧化纸钱去送寒衣。这

[①]《绥德文库·民间故事卷》，中国文史出版社，2004年1月第1版，第320页。
[②] 寒衣，用五色彩纸剪成衣服的式样，装进棉花，再黏合成衣服，烧化在死去亲人的墓地。

一段故事，细讲起来，真的叫人能伤心得掉泪哩！

传说，孟姜女好不容易才来到那万里边墙之下，竟连一个修边墙的人也找不到。她找来找去，只在当地找到几个折胳膊断腿的老百姓，再仔细打问筑边墙的人几时离开、都上哪儿去了，方才知道秦始皇早有"走马筑边墙"的命令，为了真正做到"马过墙起"，那些被抓来修边墙的人，累死的都筑在边墙里了，没累死的早已经被赶到秦始皇的马头前面去了。孟姜女又向他们打问："知道不知道有个叫万喜良的年轻人？"可巧，一个残疾老人说："有！听说早已经累死了！"孟姜女当时急得要发疯，她只盼着能见万郎一面，万万没想到竟连尸骨也见不上了，这活着还有啥指望？只见她双手将那一大包寒衣托在半空，面对苍天，号啕痛哭，说："老天爷呀！你怎不睁开眼来看看？"没等孟姜女再哭第二声，就听见半天空里"轰隆隆"吼起一声响雷，那新筑起的边墙便立即"哗哗哗"地全倒塌了，那边墙里果真筑着一堆堆尸骨。可怜的孟姜女就猛扑上去，在那尸骨堆里去找她的万郎，一堆堆彻①翻遍，净尸骨摆了满地，到底哪一副是万郎的，她又怎么能认得呢？哭干了眼泪哭哑了嗓子，孟姜女怀抱一包寒衣没个寄托，一时痛心难忍，浑身直打寒战。恰于此时刻，孟姜女心里又猛地一闪念："这冷冬寒月，万郎浑身一丝不挂，那尸骨岂不更冷冻难耐？不如将这一大包寒衣就地全烧了，就让这所有的尸骨都能烤一烤、暖一暖，也不枉我千里路途赶来送了一场！"孟姜女当即揪来一把柴火，从身上掏出火镰火石，打着火苗，先将那一把柴火点燃，而后，便将她为万郎赶

---

① 彻，方言，全、都的意思。

做的寒衣一件一件地投向那火堆里……

霎时,只见万丈火焰、万缕云烟遮天蔽日!更奇怪的是,当那云烟消散、烟灰飘落到地面后,竟全部落在离孟姜女只几尺远的一副尸骨上,真像给那一副尸骨穿了一层薄薄的衣裳。孟姜女一看心里全明白了:老天爷照应,那副尸骨就是她的万郎。

孟姜女立即将包裹寒衣的那一方包布抖开,铺展在地上,一块一块地去捡万郎的尸骨,哪怕一颗牙、一片指甲,都没舍得撂过,全都一包袱包了,背在身上。她决心要把尸骨搬回家去安葬,想到来时路途上的艰难困苦,只好再向当地那些穷苦老百姓去讨要干粮。万里边墙,一声哭倒,家家户户都觉得解恨,凡是她上门去了,都愿意帮扶,炒米豆子①窝窝头,多多少少都是一片心。孟姜女就背起她的万郎和干粮,顺着来时的路途直往回赶……

凡事太屈情,老天爷都睁着眼看哩,就出怪事哩!孟姜女刚走出不远路程,忽然间有一个年轻石匠迎面走来,竟和她头排头肩并肩地相跟了,死活不离开。孟姜女见他一阵抢在前面,过一阵儿又退到身后,不远不近,紧紧缠住她不放,十分生气,便只管放开大步往前里赶,直赶得两耳根呼呼生风,两脚底阵阵黄尘翻滚。奇怪的是她无论走多快,那年轻石匠竟一步也不落。孟姜女实在忍不住了,就停下来指教他说:"你这个石匠好没道理!你我两人正年纪轻轻,又都是单身独人,要走前你就赶前几里,要走后你就退后几里!为啥偏要死死紧跟在我身旁?"那年轻石匠只是喜眉笑眼地站

---

① 炒米豆子,陕北人将小米、黄豆炒熟搅和在一起制作的一种干粮。

着听，概不搭茬①儿。孟姜女没办法，就再番放开大步豁出命来往前里赶，口渴了，就嚥上几口唾沫，饿了，就掏出干粮来嚼上一阵儿，不信就撂不过你这个没皮没脸的年轻石匠！仍然是两耳根呼呼生风，两脚底阵阵黄尘翻滚，直到后来，孟姜女竟连看都不情愿再去看那年轻石匠。偏也日怪，那年轻石匠仍然紧紧跟在她身前身后。孟姜女一时气恼，就直话直说："哎！你这年轻石匠，你是不是对我还有什么心事？"

那年轻石匠只向她笑了笑，也直话直说："你我一男一女，这话还用问哩？"

"可你知道，我孟姜女如今身上所背的，正是我丈夫的尸骨，这前缘未了，你也该仔细想想，我能不能改嫁于你？"

那年轻石匠却说："我愿帮你一了前缘！"

孟姜女眼见这年轻石匠仍不死心，就想大大地出一个难题，将他吓唬走，便说："只怕你办不到！"

只见那年轻石匠又一笑，反问说："你怎么就知道我办不到？"孟姜女一时气馁，就伸手指着前面的一座大石崖，说："只要你能在一天一夜之间在这石崖上给我丈夫凿出和庙一样大的一孔石窑洞，再用脚下这红泥按我丈夫的尸骨的原样塑成像，孟姜女就甘心情愿与你白头到老！"

"好！一言为定！"那年轻石匠再连二话也没说，忙从肩背上取下锤钻，当即就爬上石崖凿洞去了。

孟姜女便就地坐下来等，直等得两眼皮直打架，可耳朵边仍然

---

①搭茬，方言，说话的意思。

传来那锤钻叮当叮当的响声哩。当她强撑着再睁开两只眼来看时，不由得大吃一惊：太阳花子冒出，已经到了第二天早晨！再慌忙低头一看，包裹已成了空的，万郎的尸骨不见了，只见那年轻石匠早已经又亲亲热热地守在她面前，说："庙已凿成，像已塑好，你随我一同去，看看可不可你的心意？"孟姜女觉得眼前这事怪得出奇，也就跟了那年轻石匠爬上石崖，进入庙洞里去看个究竟。不看则罢，当进入庙洞内一看，孟姜女呆了：崭新的神坛上果然端坐着一尊崭新的泥塑神像，那人模样竟和她的万郎一丝不差！这时，还有啥话可说，万郎的尸骨已得到了可心可意的安葬，她只觉得有一点后悔，真不该给这年轻石匠许诺这么大的一个口愿。

正当她埋头护脸实在觉得有些难为情时，只听见那年轻石匠又说："那神坛上还给你留着一个位子，你这就上去并排坐了，叫我看你俩像不像一对夫妻。"这一句话恰把孟姜女给提醒了，只一眨眼间，便见她已高高兴兴地走上了神坛，同她的万郎并排坐在一起，让那年轻石匠看像不像一对儿。万没料想到，孟姜女一坐下就再也没动，当即就化成了一尊泥塑的神像。那年轻石匠呢，也化成了一尊泥塑的神像，成了一个专给孟姜女夫妻守寺看殿的庙童！

这话可当真？据传说，那个年轻石匠原来就是万喜良的英灵所化。正因此，听老人们说，凡是在早先的孟姜女庙，站殿的庙童只是一个，塑像时全都塑在正殿神坛前，和孟姜女夫妻面对面地站着，肩背前后仍然挂了一副锤钻！

那最早凿成的第一座孟姜女庙在哪儿？只听说就在距离同官县金锁关不远处的一架大山根儿的山沟里。

（讲述者：康保厚等人；采集地点：绥德县田庄乡。）

孟姜女思夫

正月里来正月正,家家户户点红灯;别人家丈夫团圆节,孟姜女丈夫筑长城。

二月里来暖洋洋,双双燕子到南方;新巢筑得端端正,对对飞来绕画梁。

三月里来是清明,桃红柳绿正当景;别人家坟茔飘白纸,孟姜女坟前冷凄凄。

四月里来养蚕忙,姑娘双双去采桑;桑篮挂在桑枝上,揩把眼泪采把桑。

五月里来是黄梅,黄梅着露泪满腮;别人家田中黄秧插,孟姜女田中草长堆。

六月里来热难当,蚊蝇飞在奴身旁;宁可咬奴千口血,莫咬奴夫万喜良。

七月里来秋风凉,手拿钥匙响叮当;双手打开衣箱柜,只见郎的衣衫不见奴的郎。

八月里来中秋节,家家户户都玩月;别人家团圆把月玩,孟姜女玩月是孤身。

九月里来是重阳,重阳美酒菊花香;杯杯洒来奴不饮,无夫孤饮不成双。

十月里来降寒露,孟姜女千里送衣裳;乌鸦空中来引路,找不着长城泪悲伤。

十一月里来稻上仓,家家户户纳官粮;奴家地荒粮不荒,粮差催逼实难当。

十二月里来过年忙,家家户户宰猪羊;别人家欢乐把年过,孟姜女家无隔宿粮。

(宜川歌谣)

秦始皇吊孝[①]

刘西燕

孟姜女哭倒长城,吓坏了监工的将官。他急忙派人捉住孟姜女,送到咸阳,由秦始皇亲自审问。

孟姜女见了秦始皇,大骂不休,但秦始皇一见妆饰素雅、长相秀丽的孟姜女,一下惊呆了。他左看右看,竟对孟姜女骂的话一句也没听进耳里。

奸臣赵高看穿了秦始皇的心事,近前小声说:"请陛下将此女死罪免去,封为贵妃,既能早晚陪伴,又可使天下人知道陛下宽厚仁爱!"秦始皇听罢,点头应允。

于是,赵高当即将此话传于孟姜女,并诱劝说:"做了贵妃,荣华富贵享不尽,奴婢宫女任你使,绫罗绸缎任你挑,金钗银花任你戴。"

听了赵高一席花言巧语,孟姜女恨不得撕烂他那张臭嘴才解恨,但转念一想:"这样硬碰,难免一死,自己死了事小,谁来安葬范郎尸骨呢?"她拿定主意,强压怒火对秦始皇说:"要我应允

[①]《中国民间故事集成·陕西卷》,中国ISBN中心出版社,1996年9月第1版,第198页。

此事不难,但须依我三件事。"

秦始皇一听哈哈大笑:"我是一国之君,莫说三件、三十件、三百件也能办到,你快说哪三件?"

孟姜女说:"一、给范喜良修墓立碑;二、要头顶纸盆,手抱灵牌,亲自祭奠;三、文武百官要披麻戴孝,手持哭丧棒,隆重安葬范喜良。就此三件,如不应允,奴家宁死不从!"

秦始皇听了心里一怔,万没想到这个民妇竟如此刚烈。答应吧,自己一个堂堂皇上去祭奠一个贱民,这太失皇家体面;不答应吧,万一孟姜女以死相拼,到口的美味岂不飞了?他左思右想,拿不定主意。

赵高近前劝道:"答应吧,此事不费吹灰之力即可办成。事一过,那个美人可就得乖乖顺从陛下!"

秦始皇听了满心喜欢。

墓修成后,孟姜女身穿孝服,亲自将范郎尸骨装殓入棺。看着范郎入土后,她抚碑痛哭。秦始皇身穿重孝,头顶纸盆,手持灵牌,率领披麻戴孝、手持哭丧棒的文武官员,为范喜良送葬。

孟姜女见心愿已遂,心一横,大叫一声:"范郎啊,奴随你来了!"一头碰死在墓碑前。

秦始皇贪色不成,还落得个被后人耻笑的下场。

从此,在民间便留下了秦始皇吊孝的传说。

(讲述者:杨虎权,男,宜君县哭泉乡教师;采录时间:1986年4月;采录地点:宜君县广播站。)

一　锹　土[①]

陈中学

秦始皇征调民夫修筑长城，以抵御北方少数民族入侵，累死的人成千上万。长城一线尸骨累累，每逢阴天黑夜，阴风怒号，冤魂呼叫，凄惨极了。观音菩萨路过此地，被这撼天动地的声音震动，产生了恻隐之心，施给每个民夫一条五彩花线，并教他们系在工具上。于是，挑土的拴在扁担上，抬石的拴在木杠上，筑长城的系在瓦刀上，运土、抬石、挥动任何工具都轻如鸿毛，不再费力气，而像游戏，民夫越干越高兴。

可是，好景不长，监工发觉了这个秘密，就禀报给秦始皇。一道圣旨下来，收缴了民夫全部的五彩花线，归秦始皇所有。孟姜女长城寻夫，被秦始皇看中，企图威逼成婚，孟姜女无奈投海自尽。秦始皇气急败坏，用收缴的五彩花线拧成赶山鞭，移山填海，想将孟姜女寻找回来。

一日黎明时分，秦始皇赶山到宜君县哭泉村北三里的地方，一声雄鸡长鸣，那滚动的大山如钉子钉住一般，不论秦始皇怎样挥动

[①]《铜川经济社会研究》1997年第4期第34页。

赶山鞭，大山都纹丝不动。这被赶来的山不左不右，不前不后，正好把东西向的道路挡得严严实实，形成天然屏障。秦王怏怏不乐，但毫无办法，只能不甘地离去。

  天色放亮，东来西往、推车挑担的人全被挡在山的两面，山高难越，无人奈何得了。就在这时，只见一个道士打扮的人，飘飘然来到山脚下，站稳脚跟，运足气力，只听"呀嗨"一声，将长锨插入山腰，一晃，两晃，平平稳稳地端起山腰，正准备向西南一里开外的深沟填时，不料"咔嚓"一声，锨把由于负荷过重，断为两截。可惜，这锨土只抛出十几丈远，落在眼前平地上。山路虽然通了，这一锨土却永远堆在这里。为了纪念这位道士，人们遂把山前的小村更名为"一锨土"。今天，210国道就是顺着这铲开的豁口向南北延伸的。

十月初一送寒衣[①]

农历十月初一，是人们祭祀祖先和亡故亲人的节日，是传承已久的三大鬼节之一。三大鬼节即清明节、七月十五盂兰盆节（中元节）、十月一日送寒衣日。

这种风俗，明代刘侗在《帝京景物略》中写得很细致，有"识其姓字辈行，如寄书然"等。意思是天气冷了，一家都穿新衣了，也应该给死去的亲人寄点寒衣。虽然事属迷信，但却寄托了怀念亲人的深厚、淳朴的感情，对于常人来说，也是无可厚非的。每到这天，人们就用五色纸粘成衣服，里面放点棉花，到自家的祖坟或亡故的亲人坟上焚烧，同时烧纸钱、奠供品。民间送寒衣时，若是坟墓较远，不能烧化送到坟头，就在十字路口焚烧一些五色纸，象征布帛类；并且在烧化的时候画一个圈，用意是以免绝户孤魂把给亲人送去的过冬用物抢去。

据传，农历十月一日的鬼节与孟姜女哭长城有关。孟姜女哭倒长城，看到已死去的夫君白色的遗骨，就用带去的寒衣将夫君重新埋葬。自此，农历十月一日就成了一个约定俗成的祭礼之日。加之农历十月一日以后天气转冷，生者在感受冬寒的时候，也不忘亡者，于是人们做各种纸衣，在亡故的亲人坟上或某个路口焚烧，即

[①]《定边文库·民俗风情卷》，北京燕山出版社，2014年7月第1版，第113页。

为故去的亲人送去了寒衣，以此寄托对死者的哀思。因此，这一天是生者与亡者穿越时空的又一次对话，是灵魂与灵魂的又一次相融。

孟姜女哭长城是我国著名的民间传说之一。

相传，南方某地有一对十分相爱的夫妻，丈夫叫万喜良，妻子叫孟姜女。结婚不到半年，丈夫万喜良被秦朝官府抓去，赶到北方边疆去修边墙（长城）。万喜良一去三年，音信全无。妻子孟姜女天天以泪洗面，思念丈夫。眼看又一年将尽，还不见丈夫的影子，孟姜女决定北上塞外千里寻夫。她背上给丈夫准备的过冬衣服，孤身一人踏上了北上寻夫的路途。不知走了多少个日夜，受尽了千辛万苦，一直走到边墙脚下，还没见到丈夫。听另一苦役的母亲说，万喜良和自己的儿子是好友，最近累死在工地上，被恶差役将尸体筑入边墙。孟姜女一听丈夫已命归黄泉，尸葬边墙，真如晴空霹雳，她昏倒在边墙下。塞外的秋风把她吹醒后，她号哭不止，手捧衣服面对边墙边哭边呼喊丈夫的名字。她的哭声感动了天地，只听山崩地裂一声响，万里边墙倒塌了。这天正是农历十月初一。

定边人十月初一大都要吃麻腐角角，有"十月一，麻腐角角送寒衣"之说。

送寒衣节的来历[1]

韩城市南三十里的龙亭地区,古代魏长城残体犹存,在这里盛传着孟姜妇女哭倒魏长城的故事。

相传在东周列国时,诸侯国都想独霸天下,你打我,我打你,活鬼闹世,百姓遭殃。

齐国有一个名叫孟超的将军,他南征北战,为国家立下汗马功劳。在他告老还乡时,齐王念及他的功劳,赐给他金银财宝。他恐怕坏人眼红,谋财害命,便带了老妻迁居秦国的一处小城,买了庄院,建了花园,过着富足的生活。

有一天,他上街会友,听说秦王要选美,凡是十六岁到二十岁的美女,一律都要经官府验收选用。

美女进了宫,就像进了活地狱,要当一辈子"活寡妇",等于死了没人埋。他想到自己的女儿孟姜女难逃此关,急忙回家,向老妻女儿说明皇上选美的飞祸到了,吓得母女哭哭啼啼,最后定出了对付的办法。

"有夫之女,皇上不选。"现在只有寻女婿成婚了,但是火已烧到脚后跟来了,一时哪里去找如意郎君呢?急得全家人打转转,老妻骂老汉说:"咳!死老汉,你看我和姑娘都是女人家,就是有

---

[1] 韩城民间故事。

个合适的,我们咋能把人家男子汉拉到家?快去快去,到外面找女婿去。"

说来也凑巧,孟超一出门,一个小伙子没命地向他奔来,口称"老伯救命",便闯进他的家门。孟超不知是啥情由,也随着进了门。

经小伙子讲说了一遍,孟超才知道他是齐国人,名叫范杞良,因逃避齐国征兵,流浪到这里,谁知这里也在乱拉兵,刚才是官府差役要抓人当兵,他脱身跑掉,人家在后面追赶。

一家人见他生得眉目清秀、身材高大、谈吐不凡,想来是一个通书达理的人,又因是老乡,孟超便迫不及待地当面许亲,当天晚上孟姜女便和范杞良成了亲。"一日夫妻百日恩",小两口恩恩爱爱,过着男耕女织的美满日子。

十个月后,孟姜女生下一个白胖胖的"伢伢子"(婴儿),这可把两个老人喜糊涂了,杀猪宰羊,设席摆菜,为孙孙过满月。老汉对老婆说:"家内有了'牛牛娃',好像给我添了精神,不论做啥,都有使不完的气力。"

九月,重阳节过了,这天下着细雨,孟姜女一家正围桌吃饭。忽然闯进几个彪形大汉,不说三七二十一,把范杞良五花大绑,就要拉走,一家人上前阻拦,被差役踢倒在地,差役骂骂咧咧地说:"你不愿当兵,谁该去?"硬把范杞良拉走了。

孟姜女起身来,抱上孩子,跟着撵去。到了大门外,追上范郎,她哭泣着说:"你走了,家中丢下老的老来小的小,叫我咋过活下去呀……"杞良忍着悲愤,安慰她说:"当兵三年满了,我便回来。家中的事,你好好照料,我忘不了你和孩子……"杞良的泪水像雨一样落下，再也说不下去了。

　　生离死别的时候，有情人的千言万语，一时咋能说完呢？可恶的差役像小鬼催命，不由分说，把范杞良连踢带打拉走了。孟姜女两腿发软，瘫在地上，只听得远处传来范郎断断续续的喊声："保——重——！"

　　老两口赶出门来，把孟姜女和孩子扶抱回家，只见她栽倒在床，呜呜叨叨地哭个不停声，老两口却想不出一句安慰的话。

　　范郎走后，书不捎，信不还，孟姜女很不放心，不由得向坏处想，坐卧不安，神情不定。她跑到城外的阳关大道，希望能等见一个熟人，捎回范郎的家信，或者传来范郎的口信。行人千千万万，她不住眼地盯着看，可一连三天过去了，一个熟人也没见。她要父亲打听范郎的消息，父亲总是回答说："他远在少梁的魏长城打仗，打败魏国，才能回来，我们只有耐心等待啊。"

　　等呀，等呀，一直等了三年，范郎还是不回来。孟姜女从另一家当兵的那儿打听到，秦国兵马把魏长城攻了三年，打不下来。战争已弄到国库空虚，粮草接不上来，眼前秋风又起，士兵的棉衣也没法解决。风狂雪大的冬天，穿着单衣打仗，又吃不饱，这如何得了？看来秦王不是好王上，只说自己略地夺城，哪管万民遭祸殃？

　　孟姜女思念丈夫，终于寻夫到了魏长城跟前，在冰天雪地中，看见范郎穿的棉衣掉絮絮，手执大刀攻上了长城，被敌人迎面一刀砍在头上，鲜血直流，从长城上面滚了下来。她吓得惊叫一声，原来是一场噩梦。她觉得这梦不吉祥，于是打定主意，要为丈夫送寒衣，要看个根底。她不分白天黑夜，为范郎赶做了一身寒衣。她和父母做了商议，在十月一日离家，前去少梁送寒衣。

一路上，她晓行夜宿，受尽了风霜之苦，好不容易到了魏长城脚下，在附近的大鹏村，访问到范郎因思家逃走，被抓回去定成死罪，活活夹埋在长城中间了。

孟姜女听罢，如同天雷击顶，几乎晕倒，她定了定神，想道："丈夫因思亲受死，还不是为自己和孩子？如今，人已死了，自己不远千里来相会，不见他的面，怎能甘心？死在这里殉节吗？也不是好办法，丈夫所留的骨肉如何长大？"

她打问清楚范郎遇难的地方，就在大鹏村北的长城中，城下有一块半截子磐石做标记。孟姜女便抱着棉衣包，冒着刺骨寒风，在杂草丛中找见了磐石。她默默地观望着长满荆棘的魏长城，物在人亡！对于范郎的死，她实在想不通，他年轻轻的，怎么就这样结束了一生？

孟姜女没有哭，她的泪水早已流干了！她回过头，把衣包放在磐石上端，然后跪在磐石下端，她买不起祭品，祭品就是这一套寒衣。

忽然狂风大作，一股旋风，围着她的身子盘旋不走。她想着：这莫非是丈夫的阴魂显灵？随之而来的，是纷飞大雪，冻得她牙儿打牙，简直没法再在这里停身子。她觉得人倒了霉，连天地鬼神都会与自己作对，不由得一边哭范郎，一边骂天，眼中流下了血泪。

"范郎！我的范郎呀！人都是人，人家当王上，你当战灰。王上他呀，三宫六院，酒肉美餐，乐趣无穷。哪知你命丧少梁，身埋长城，抛妻别子，孤鬼单身。天呀！天呀！不睁眼的天呀！你有眼无珠，为何一样人两样待，一样儿女分亲疏？百姓敬你、祭你、献你，不如喂了狗。狗忠于主人，你忠于王上，嫌贫爱富，助红灭黑……"

孟姜女的血泪如长河不断，白石头被血染成了红石头，她膝盖下面的磐石被血泪滴软，留下了两个深窝窝。

这时，玉帝的妹子三圣母出游到这里，她听到云头下有人大骂天子，便落下云头，化身道姑模样，走到孟姜女面前，问明原因后一掌推倒魏长城十八里，帮助她在乱土中找到范杞良的尸骨。孟姜女将干骨包在寒衣中，然后哭求天神说："救人救到底，杀人要见血，神人能一掌推倒魏长城，定能帮小民丈夫复生，我夫妻若能重逢团圆，感恩不尽。"

三圣母摇摇头说："人死如灯灭，油尽灯芯干，不能复生。"

孟姜女跪在天神脚下，叩头不起，额血流地。三圣母被她的一片诚心感动了，对她说："范杞良肉化骨枯，原人无法再现，我让他借尸还阳，使你夫妻破镜重圆。"

孟姜女止住了哭声，问道："我只身到这里，缠费已花完，我们该住在哪儿呢？"

三圣母答道："就是你说的，救人救到底，离这大鹏村不远的东南方，我在那里给你夫妻安排一所庭院，一会儿你到了那里，便会看见你丈夫、你父母、你儿子。"说风便来雨，三圣母把孟姜女拉坐在她的仙鹤上，她们二人腾空起飞。骑在仙鹤上，直如风驰电掣，吓得孟姜女闭了双目，当她睁开眼睛时，已到了自己的庭院中，四个亲人闻声由屋中出迎。他们都跪在三圣母面前，谢她的隆恩盛意。

父母说："不是大神的仙鹤，我们霎时不会到这里。"

范杞良说："不是大神仙丹，我怎能死而得活？"

孟姜女越听越糊涂了，分明天神没离开自己的身边，怎么一家人能够同时到了此处呢？三圣母见她发愣，就说："你愣什么？我有分身术，别说一时到三处，就是千处万处，也易如反掌。"

三圣母向众人说明了她幻用神术的经过，大家才明白了过来。之后，她又赐给孟姜女夫妻神弓神箭、飞刀飞石，作为护身拒敌的法宝。接着，化作清风消失了。

从此以后，孟姜女小两口又恢复了之前平静的生活，男耕女织、孝敬双亲、教育儿郎、见义勇为、扶贫救危，四乡八里的百姓都受到过他们的恩惠。

人们不忘孟姜女的诚善之美，在她死后，为她在哭倒长城的地方盖了"姜女庙"，把她哭夫时流的血泪染红的磐石放在贡桌前，当作纪念品。同时把大鹏村改名大崩村，其用意在说魏长城被孟姜女哭得崩塌了（此事《韩城县志》有记载）；范杞良居住的村子，取名"范家庄"，至今仍然存在。

由于孟姜女十月初一为丈夫送寒衣，感动了天神，韩城人民把这天定为"寒衣节"。每年逢节，老百姓不光将纸糊的衣服烧在祖坟前，还在村口、十字路口烧，据说这是给那些无子孙的野鬼烧的，免得他们受冻作乱。

中国四大民间爱情传说

中国四大民间传说故事，是指在中国民间以口头、文稿等形式流传最为广泛、影响最大的四个传说。它们和其他民间传说故事一起，成了中国民间文化的一个重要组成部分，对广大民众的生活有着深刻的影响。这四个传说全部是爱情故事，也从一个侧面反映了人们对真挚感情的认可。四大民间传说为：孟姜女哭长城、牛郎织女、梁山伯与祝英台、白蛇传。

孟姜女哭长城

相传有一户姓孟的人家种了一棵葫芦，在隔壁姜姓人家的房顶上开花结果。收获时，葫芦中生出一个白胖美丽的小姑娘，因为这个葫芦是孟、姜两家的，所以取名孟姜女。

孟姜女长大了，正值秦始皇筑长城，到处抓民夫，一个叫范喜良的小伙子为躲避差役，进了孟家的花园，正好撞见孟姜女在湖边捞扇子。当时，有一种习俗，一个女子洁白的皮肤如果被某个男人看见，就必须以他为夫；而且，孟姜女也喜欢这个小伙子，于是两人就成了亲。哪知成婚才三天，范喜良就被抓走了。

孟姜女思念丈夫，天天以泪洗面，最后不顾路途艰险，历尽千辛万苦，不远万里寻夫送寒衣。当她寻到长城脚下，得知丈夫已经死了，尸体被砌进城墙底，悲痛欲绝，哭得天昏地暗，竟使长城倒塌八百多里，露出大片白骨。接着，孟姜女滴血认骨，终于找到丈夫的尸骨。她决心将尸骨背回家乡安葬。

再说昏君秦始皇听说孟姜女哭倒了长城，便下令抓来问罪，但看到孟姜女长得美貌非凡，又硬逼她和自己成亲。孟姜女机智地提出三个条件：一、为范喜良造坟，隆重安葬；二、秦始皇得如孝子一般披麻戴孝，在灵前跪哭；三、陪孟姜女游海三日。秦始皇一心想得到美女，便一一照办。孟姜女在完成祭奠自己的丈夫的心愿之后，趁游海之机，投入大海，以身殉情。后来有的说孟姜女变成了银鱼（面条鱼），也有的说她变成了一种像蚊子似的飞虫，蜇死了秦始皇。

牛郎织女

盛夏的夜晚，仰望群星闪烁的夜空，人们能看到银河两岸有两颗遥遥相对的亮星。其中一颗是著名的织女星，它旁边的四颗小星有如一只织布的梭子；对面的是牛郎星，它同前后两颗小星一组，宛如一个人挑着一副担子在赶路。牛郎织女讲的就是这两颗星星之间的爱情故事。

相传织女是王母的女儿（或天帝的女儿、孙女）。她心灵手巧，善织，能用一双灵巧的手织出五彩缤纷的云朵。人间有个孤儿叫牛郎，他虽然勤劳，但一直过着贫苦的生活。后来，牛郎在老牛的指点下，取走了在湖中洗澡的织女的衣裳，后来织女也喜爱上了牛郎，两人就结成了夫妻。从此，男耕女织，生下一儿一女，过上了幸福美满的生活。

谁知织女下凡在人间成亲的事让王母知道了，她大发雷霆，派天兵将织女捉回天宫。牛郎在老牛的帮助下，用箩筐装着儿女，挑着追到天上。王母见牛郎追来，就用头上的金钗在织女和牛郎之间划出一道大河，这就是银河。滔滔的银河水无情地把牛郎和织女隔在两岸，他们只得隔河相望痛哭。后来王母见他们哭得伤心，动了恻隐之心，命喜鹊传话，让他们每隔七日相见一次。谁知喜鹊传错了话，说成每年七月七日相见一次。于是王母就罚喜鹊给他们搭桥。每年七月七日晚上，牛郎织女就在喜鹊搭成的桥上相会，倾诉衷肠。

传说这天晚上，到了夜深人静的时候，在葡萄架下能听到牛郎和织女的窃窃细语；天上要是落下雨点，那就是他俩伤心的眼泪。

梁山伯与祝英台

传说祝员外的女儿祝英台生得聪明伶俐，爱好诗文。在封建社会，女子是不得出门求学的，祝英台只得女扮男装，外出求学。路上，她认识了同去求学的梁山伯，两人结拜为兄弟。两人同窗读书，同床而息。三年中，梁山伯处处保护、关心着"贤弟"祝英台，始终不知英台是个女子。

三年后，英台回家，山伯相送。一路上，聪明的英台用巧喻暗示山伯，两人可结百年之好，而忠实憨厚的山伯一直未能解悟她的真意。英台只得托词说愿为山伯做媒，将家中同胞妹妹许嫁山伯，让山伯早日来祝家提亲。后来，山伯到祝家拜访"贤弟"，方知英台是女子，当初由英台做媒许配的胞妹原来就是她自己。但因山伯来迟，误了约期，英台已由父亲做主，许给了马家。

山伯得知实情，悔恨交加，回家后一病不起，不久就离开了人世。这边祝英台被逼无奈，只得嫁到马家，成亲那日，她要求在花轿经过山伯墓时，让她祭扫一番。当她全身素装来到山伯墓前时，随着一声撕心裂肺的悲号，顿时天昏地暗，风雨大作。电闪雷鸣之中，只见山伯坟墓崩裂，英台纵身投入墓穴。众人抢拦不及，只扯到一片碎裙。瞬间，山伯墓合拢如旧。这时，雨后的晴空挂着美丽的彩虹，墓地上两只硕大的彩蝶上下飞舞、形影相随。传说，这两只彩蝶就是生不能共枕，死也要同葬的笃情男女——梁山伯与祝英台的精魂。

白蛇传

相传，有一条在西湖里修炼了五百年的白蛇，因为抢吃了许仙口中吐出来的仙人吕洞宾卖的小汤团，又增加了五百年的仙力。得道的白蛇十分羡慕尘世生活，就变成一个年轻美貌的女子来到人间，并给自己取名叫白娘子。跟随她的女婢叫小青，是一条青蛇变的。白娘子爱慕许仙，就利用西湖游春之日呼风唤雨，找到与许仙共舟而行的机会。交谈之间，许仙也爱上了美丽、多情而又善良的白娘子，于是两人成了亲。婚后，许仙和白娘子在镇江开了一家药店。由于白娘子医术高明，又热心帮助穷人，药店名声大振，生意越来越兴隆。夫妻俩相亲相爱，日子过得十分美满。

再说，当年没有抢到那颗汤团的癞蛤蟆与白蛇结了仇，它变成了一个和尚，取名叫法海，也来到人间，处处与白娘子作对。他为拆散白娘子的美满家庭，唆使许仙让白娘子在端午那日饮雄黄酒。白娘子为表达自己对丈夫的真挚感情，仗着自己有千年仙力，饮了雄黄酒，但还是显露了原形，把许仙吓得昏死过去。为救丈夫，白娘子不顾怀有身孕，飞往昆仑山，经过奋力争斗，盗来仙草，救活了许仙。

后来，许仙去金山寺还愿，法海又强行将许仙软禁起来，逼他削发出家。白娘子为维护自己的婚姻，和小青一起上金山寺，水漫金山，与法海进行了一场恶战。白娘子因有孕在身，没能取胜，只得与小青一起回到西湖，准备继续修炼，等待时机再与法海交战。

许仙被关在寺内，死活不肯出家，找个机会逃了出来。回家不见妻子和小青，又怕和尚再来寻事，便也回到杭州，恰在西湖断桥处遇见了即将分娩的妻子和小青，三人便一起寄住到许仙姐姐的家中。不久，白娘子生下一个白白胖胖的儿子，正在大家高兴地准备庆贺之时，法海和尚闯了进来，用金钵收走了白娘子，并将她压在雷峰塔下。

小青为救出白娘子，再度进山修炼，几年后赶回杭州，寻法海和尚报仇。他们交战三天三夜，小青毁掉雷峰塔，救出白娘子，又和白娘子一起将法海和尚打下西湖。法海无处躲藏，钻进了螃蟹的肚中，小青念咒语将它定在里面，使它永远不能出来。

文　献

孟姜女

孟姜女本陕之同官人，秦时以夫死长城，自负遗骨以葬于县北三里许，死石穴中。

——明天顺五年（1461）《大明一统志·西安府·烈女》

孟姜女传

孟姜，同官人。适范植仅三日，植赴役长城。姜送寒衣至城下，植已死。姜寻夫骨无辨，啮指血，验得之。负遗骸归，至役祋祤道中山巅，渴甚，号哭。山忽出泉，因名曰哭泉，在今同官城北。未几，死西山石穴中。邑人怜之，并其遗骸偕葬，有祠墓。

——清雍正十二年（1734）《陕西通志·人物志》

姜女坟

姜女坟，在城东南入海里许。其上又姜女祠。又有石出海上，其形肖冢，人以为姜女坟云。世传许姓，居长，故称孟，陕西同官人，其夫为范郎。秦筑长城，郎操版。服役久不归，女制衣送筑所。闻夫亡，向城痛哭而死。土人于高阜石上祠之，名曰望夫石。石上有乱杵踪。夫秦无称，陕亦无载范郎事者。当是剿齐杞梁妻崩城之事而传，会其说不知。所谓长城，乃泰山下之长城，非辽东之长城。

且按秦史，长城亦无至辽东者。识者□之。

——《临榆县①志·古迹》

山海关贞女祠碑②记

贞女祠，在东关外十三里望夫石之巅，祀孟姜女。明万历间，主事张栋建。崇祯间，副使范志完重修增龛，以渝关节妇十九人附祭。

贞女孟姜，姓许氏，陕西同官人。夫久赴秦人长城之役，姜制衣觅送，万里艰关，天鉴贞烈，排岸颓城诸异，载在诸志传中。或以夫为范郎，又云杞梁。杞梁事载《檀弓》，春秋时人，其为误无疑，皆不足论。惟是山海关外八里堡东南，有望夫山，又东南二十里，辽海中有姜女坟，一峰挺立，就之则石。土人传迤北大边即长城旧迹，所谓起陕西临洮以至辽东者。姜寻夫至此，曾登此山而望之，后死或瘗于此。然坟以从土，屹然一石谓何矣？大端乾坤正气，如水行地中，无处不有，凿之斯见。姜之节、姜之心，人人同具，无亦因海中石似坟。因此山高可望，且以近长城而思孟姜。因指以为迹，将令同此心、同此节者，登山望坟，望坟吊姜，直欲上论其世，以启人之贞烈欤？此迹不必真，而姜则实有其事，君子求直之心已矣。甲午春，予与参戎郭将军企此山而登焉。北眺山麓，南望海涛，环山面水，巅有巨石，徒移孤松，远如人息其下，盖

---

① 临榆县，旧县名，在河北省东部。1954年撤销，划归秦皇岛市抚宁县。
② 此碑立于河北省秦皇岛市山海关贞女祠。碑高2.5米，宽0.70米，厚0.18米；碑底为横凿线，顶为花形图案；无座。

胜地也。因命夏千总东升夷其荒芜，得旧砌伏白石布袋和尚小像一具，则知旧原有祠，今岂运数当兴乎？因谋恢复，而协守秦都督闻之，亦为捐廪金。关内外部曲慕义者，又各捐金若干。工食既备，祠即告成。于是年三月二十五日始，于是年九月二十日终。庙正中观音大士像，左为贞女像，茶房左右各一，后为草亭一，环以石垣，景态辉映，触目豁心，真称胜地矣。嗟嗟！孟姜一妇人耳，一念真赤，千古不朽。至今荒徼绝塞，人犹祠而思之，吾侪丈夫，戴天履地，为妇人之纲，肩君臣父子之伦，视此当何如也？予因记其事，且告来世所为兴其祠之意。明万历二十二年。

孟姜女庙

孟姜女庙，在（同官）县北三里，始建不可考。宋嘉祐中，县令宋宗谔重修。顷，县令亢鸿庆又增编祭银庙夫一名。孟姜女者，澧州人也，其夫姓范氏，亡其名，人称曰范郎。秦始皇时，范郎役长城下，久不归，人言生死不可知。孟姜乃自往长城下，问其夫所生。人曰："秦法，役怠者辄填城土中死，死人如乱麻，独尔夫者？"于是，孟姜乃往来城下，哭昼夜不辍。久之，城从哭处崩，见崩土骨出，又多不可辨。孟姜女又哭祈曰："妾愿以指血试骨，骨是妾夫，血即入；非妾夫，不入。"已而，果遇血入者骨，乃自信范郎也，则又抱其骨，伏地哭。已，乃负其骨归，历数千里，至同官山岩下，力因竭，饥渴死。同官人因就岩下为祠，即其骸塑像祀之。今澧州有镜石、针刺竹、望夫台与浍河手迹、北高山、哭泉。相传，皆孟姜故迹也。《一统志》载，（孟姜女）为同官人，今定为澧州人，则自尚书李如圭始。如圭，澧人也，其言盖有据云？

乔世宁曰："余览《孟姜集》载异迹甚多，天其以此彰义烈也。至山移事，则非，其事实不可传。余特著其信世者，备颂说焉。"

——明嘉靖三十六年《耀州志》卷三《建置志·同官祠祀》

女回山

女回山，在同官县。旧云：孟姜至长城寻夫，回，卒于山下，北葬焉，世号其山曰女回。

——《雍大记校注》

孟姜

《元和志》：同官人。适范植仅三日，植赴役长城，妻送寒衣至城下，植已死，姜寻夫骨无辨，啮指血，得之。

——清乾隆四十年（1775）《西安府志》

遗　迹

棒槌岭

孟姜女故宅右侧，有一道土岭，叫棒槌岭。

棒槌岭原名叫土龙岭，说是早先有一条土龙蛰伏在那里。那土龙是犯了天条被镇在那里的，不知道什么时候会张牙舞爪脱身而去。相传有一天，孟姜女正在山中沟底小溪旁洗衣服。她把皂角裹在衣裳里，用核桃木棒槌捶打。忽然，天空中电闪雷鸣，乌云滚滚，土龙岭突然变成一条巨龙，腾空而起，顿时地动山摇，村中墙倒屋塌，人们惊惶万分，纷纷四窜逃命，情况十分危急。这时孟姜女手执棒槌飞步上山，一个跨越，翻身骑上了龙背，她一手抓住龙脖子，一手用棒槌奋力猛打……一会儿工夫，风停了，云散了，那桀骜不驯的龙又渐渐还原成山梁，孟家原村子保住了，孟家原的百姓也平安了。

村子里的人怕那土龙还要作怪，就在土龙岭龙脖子上找了个地方，为孟姜女家凿了两孔土窑，让孟姜女搬了过来；又把孟姜女用的棒槌插在了土龙岭上，那棒槌就变成了核桃树，长在了那岭上，土龙岭于是改名棒槌岭。

从此，那土龙再也没有舞爪作恶过，后来村里人都说，这是孟姜女故宅建在土龙脖子上的缘故。

五龙聚会

孟姜女故宅下的沟道两侧,有五条相聚在一起的土岭,活像五条巨龙,叫作"五龙聚会"。

相传,孟姜女很少上山。一天来到山顶后,她那美丽动人的容貌、婀娜多姿的身段,立刻震惊了天上地下。

玉皇大帝瞧见她后,派了一条巨龙下凡,要把她驮上天去。

西天佛祖瞧见她后,动了凡心,派两条巨龙东来,要带走孟姜女,去当他的侍女。

东海龙王望见她后,派出两条巨龙西来,要引走孟姜女,去当龙王的太子妃。

五条巨龙都要求孟姜女立刻动身。

孟姜女厉声说:"我爱家乡的土地,更爱勤劳善良的乡亲。我要永远生活在这里,绝对不跟你们走!"

五条龙都不敢去向各自的主子交差,只好留在这里。天长日久,化为五道土岭。

天地庙的传说

天地庙坐落在孟家原沟畔,青墙红柱,富丽堂皇,里面分别供奉着苍天与大地的神牌。寺庙附近,建有雄伟壮丽的戏楼。

相传,孟姜女遇到逃难的书生范喜郎后,在长期的互相了解中,逐渐产生了真挚的爱情。一天晚上,在皎洁的月光下,他俩来到庙里,请苍天为媒、大地为证,结成夫妻。

范喜郎被抓走后,孟姜女经常来到庙里一遍又一遍地叩拜天神和地神，请求他们保佑自己的丈夫平安还乡。

上香

丈夫被抓去修筑长城，孟姜女心里苦，无时无刻不在思念范郎，但她还是强挤笑容，天天做饭、洗衣，侍候孟老汉。只有在夜深人静的时候，她才偷偷流泪，还不敢哭出声来，怕惊动了年老多病的孟老汉；只有趁出来下地、挖野菜的机会，她才到村旁的天地庙里上香，向天地祷告，祈求能保佑丈夫早日回来。

天地庙里边供奉的是天神和地神，香火一直很旺。一到岁末，这里还要演戏报赛，很是热闹。孟姜女与她的范郎在菜园相识定亲后，双双来这里拜过天地之神，两人的婚礼也是在这里举行的。面对着天地诸神，他俩请苍天做证，请大地做媒，许下终生之愿，要白头到老，永不分离。拜过天地，两人才相依相偎着回到了他们的洞房。满以为幸福的日子从此开始了，谁承想才新婚三天，范郎就被抓去打边墙了。

孟姜女越想心越苦，越苦泪越多，她边跪敬诸神边上香。她只有一个心愿，就是祈求天地诸神，保佑她的范郎早点回来。她一边上香一边这样唱：

一炷香，奴降香，天上的玉皇，你保佑奴的丈夫早早回还。
二炷香，奴降香，担山的二郎，你保佑奴的丈夫早早回还。
三炷香，奴降香，山神土地，你保佑奴的丈夫早早回还。
四炷香，奴降香，四大天王，你保佑奴的丈夫早早回还。
五炷香，奴降香，三皇五帝，你保佑奴的丈夫早早回还。

六炷香，奴降香，南斗六星，你保佑奴的丈夫早早回还。
七炷香，奴降香，北斗七星，你保佑奴的丈夫早早回还。
八炷香，奴降香，八大金刚，你保佑奴的丈夫早早回还。
九炷香，奴降香，九天玄女，你保佑奴的丈夫早早回还。
十炷香，奴降香，十殿阎王，你保佑奴的丈夫早早回还。

这首《孟姜女上香》至今仍在孟姜女故里流传着。

红土坡的来历

从黄堡镇去孟家原的途中，有一面大坡，颜色像鲜血一样，叫红土坡。

相传，孟姜女的丈夫范喜郎被秦朝官吏抓走后，杳无音信。孟姜女下定决心，要去长城寻找丈夫。她面对苍天，咬破中指，起誓道："找不到亲爱的丈夫，我决不回村！"

她的中指流血久久不止，终于染红了这面山坡。

皂角树的传说

孟姜女是个勤劳的女子，经常拿着棒槌在溪边洗衣裳。

孟姜女是个善良的姑娘，救活过一只嘴巴又尖又长的小鸟。

孟姜女离家去寻找丈夫时，顺手将棒槌插在门口。

她走后，棒槌渐渐发芽，长成了一棵参天大树。这棵树，就是皂角树。人们用它结出的黑色荚果洗涤衣裳。如今拜谒孟姜女故里的人们还可以在孟宅、姜宅前边看到它。

皂角树生了虫子。那只鸟儿担心树枯死了，便在树身上凿洞，清除害虫。人们称这只鸟为"鸽棒棒",也就是啄木鸟。

后来,老皂角树死了,在原地上又长出一棵新的来;那只啄木鸟的后代,直到今日仍在为它除虫。

庙场的传说

孟家原村头的崖畔下有一片平地,旧时庙宇鳞次栉比,有观音堂、文殊院、真武庙、太白宫等等。关于它们的来历,还有一个故事哩。

孟姜女哭倒长城后,背着丈夫的遗骸,在南归途中,搬转了大山,回到同官县境内。

观世音菩萨听说此事后,深为感动,便驾起祥云,离开南海普陀山,飞到同官县,落在孟家原,想亲自迎接孟姜女。

她再一看,咦——文殊菩萨、真武大帝、太白大仙等神佛也来了。

观世音问道:"列位是来干什么的呢?"

"我们是来迎接孟姜女的。请问大士,你也是吧?"

观世音微笑着点了点头。

可是,接着就是噩耗传来:孟姜女在同官县城北瞑目而逝了。

神佛们听后,都悲痛万分。他们肃立在那片平地上,向孟姜女致哀。

村民们为了纪念此事,在那里修建了各位神佛的庙宇。庙宇的所在地,就是他们当年肃立的地方。

后人称那片平地为"庙场"。

香炉台与蜡烛嘴

在孟家原,有个土山峰叫香炉台,还有两座土山峰叫蜡烛嘴。

相传孟姜女离家去寻夫之时,乡亲们集体来到村边相送。他们在地面上安放一只香炉,又插上两支烛台,然后面向天地庙齐声祈祷,请求天神、地神一齐显灵,保佑孟姜女夫妻平安返乡……

孟姜女走了以后,乡亲们天天来这里祈祝叩拜,一连叩拜了数月之久,可是孟姜女夫妻依然毫无音讯。奇怪的是,在此期间,香炉和烛台一天天变大,后来终于变成了三座土峰。

今天的香炉台,就是由香炉变成的;香炉台两侧的蜡烛嘴就是烛台变成的。

水龙寨的传说

范杞梁被抓走后,孟姜女故里的乡亲们担心如狼似虎的差役再来抓人,便在孟家原沟中名叫"水龙"的山崄上修建了一座两亩大的寨子,称水龙寨。寨子周围悬岸壁立,十分险峻。他们在崖壁上凿了一个洞,里面住人,存放日用必需的东西,故里人把那叫"窨子"。窨子外面设有吊桥,有情况时便收回吊桥,外人无法进入。这窨子易守难攻,后来成为历代孟家原人躲避战乱和土匪的地方。

药王庙的由来

孟姜女祠西侧,曾有一座雕梁画栋的建筑物,叫药王庙。庙内供奉的是唐代伟大医学家孙思邈,他被后人尊称为"药王爷"。

药王爷的故里在孟家原南面十里的孙家塬村。药王爷在世时，经常骑着毛驴，到深山老林中为穷人疗疾，孟家原是他常来的地方。

药王爷特别敬佩孟姜女。他来孟家原时，常在孟姜女祠西头的一棵杏树下给人治病。后人为了纪念药王爷，在此建了药王庙。

歌　　谣[①]

黄卫平

孟姜女手摇纺线车，吱吱呀呀把线纺；
孟姜女脚踩织布机，叽叽喳喳织布忙；
孟姜女操剪用尺量，咔嚓咔嚓裁衣裳；
孟姜女巧手匀棉絮，熨熨帖帖衣内装；
孟姜女穿针又引线，紧紧张张缝衣裳；
孟姜女裹寒衣装干粮，要送给丈夫范喜良。

这首同官地区流传至今的歌谣，唱的是孟姜女缝寒衣，要给丈夫送去边关的故事。

虽然孟姜女孝敬老人，但是年老体弱的孟老汉连惊带吓，加上思念范郎，担心孟姜女孤单，病情加剧，不久就撒手西去。从此孟姜女一人孤苦伶仃，更加想念丈夫了。日子一天一天过去，天天盼夜夜想丈夫的孟姜女将思念都倾注在劳动上。她手摇纺车纺线线，一纺就是三天三夜；她脚踩踏板手穿梭，织机前一坐就是六天六

[①] 2001年5月由颜开昌讲述，见黄卫平：《孟姜女》，陕西旅游出版社，2002年出版。

夜；在自家窗前为丈夫缝衣裳，她一坐又是九天九夜。她把自己对丈夫的情感都倾注在针线上。她一针针缝衣裳，缝了短衣又缝裙袍，缝了单的又缝棉的。不知不觉天渐渐凉了，思念范郎的孟姜女惦记丈夫没有棉衣，决定把做好的衣服送到边关去。她把家托付给村里的人，又到天地庙里给自己和丈夫做了最后一次祝祷，把给范郎做的衣服打了个小包袱，准备了点干粮就出发了。

孟姜女历尽千辛万苦，带着亲手制作的寒衣来到长城脚下，听到的却是范郎已经身亡而且被筑在长城下的消息。她禁不住放声痛哭，一下子把长城哭倒了八百里，露出了一片白花花的尸骨。哪个才是自己的范郎呢？孟姜女暗暗发誓：要是我夫君，我血滴入骨。她用力咬破了自己的手指，让血一滴一滴流下来，一具一具尸骨试过去。终于，有一具尸骨被血浸入，那就是她的丈夫范郎呀！于是孟姜女把范郎的尸骨包在寒衣里，边哭边诉说道：

> 范郎范郎你睁眼看，
> 孟姜女送寒衣到边关，
> 你活着未穿我做的棉，
> 死后也要夫君把骨头暖。
> 夫君夫君你显显灵，
> 孟姜女哭死也要见到你……

孟姜女情深意切的哭声终于震动了阴阳两界。她丈夫范郎在奈何桥上听到了她的哭声，终于获准显灵，他对孟姜女说：

> 孟姜女呀我的妻,
> 我再生再世也舍不下你;
> 活人吃饭又穿衣,
> 奈何桥上穿不得活人衣;
> 若要丈夫穿寒衣,
> 火中点燃我领起。

孟姜女一听恍然大悟。她又是一场痛哭,随后用火把寒衣点着烧成灰烬,祈祷丈夫穿上她一针一线亲手缝起来的寒衣……

孟姜女离开故里往长城送寒衣的那一天刚好是十月初一日,这一走就再也没有回到孟家原的家中。为了纪念她,从此这里就多了个风俗,叫"十月一,送寒衣",每到这一天,人们就要为死去的亲人"送寒衣"。而"送寒衣"的内容中都有"烧寒衣",这也是因为孟姜女曾烧寒衣送范郎。

戏曲：孟姜女寻夫

（宣讲）

诗曰：

孝义烈贞女孟姜，
送衣边塞寻夫郎。
长城哭倒四五丈，
万古流传姓字香。

〔白〕秦朝有个皇帝，姓嬴，号秦始皇。他的心思，想后世子孙长久坐天下，又想长生不老，命方士徐福、卢敖访求长生之术，问后来国朝兴废之事。卢敖到东海得书一卷，俱是蝌蚪文字，满朝文武不认。略认得五个字——"亡秦者胡也"。始皇不懂是自己儿子胡亥，北地为胡，怕夺了他后人江山，心想国防重要，传下旨来，命蒙恬为都总，起民夫八十万，筑长城以防胡人。西从陇西临洮起，东至高丽国止，长九千九百余里，大兴土工。南方人修五岭，西方人建阿房，北方人筑长城。先前还是抽丁，以后不分老幼，见人就拉。闲言少叙，单说一人姓范，名杞良，父早亡，其母抚养，定姜门之女为媳。上古以孟仲季定名，起名孟姜，年十八岁。范母为儿娶亲，迎接孟姜过门，夫妻相敬如宾。过了三日，那筑城的催差拉夫把杞良拉去。杞良喊叫母亲："为儿此去，多则一年，少则几月就回，母亲不必挂念！"又叫："妻呀，我的老母要你侍奉！"孟姜答应："夫莫担心！"婆媳站在门口，望着走远不见，进门大哭一场。自从杞良走后，范母时常思念。孟姜贤孝，在婆母面前，殷勤侍奉。婆母思儿流泪，孟姜常讲故事、笑话解愁。孟姜想丈夫在边塞受苦受饥寒，日晒夜露，不知成了什么样子，避了婆面，眼泪不知流了多少。光阴易过，不觉三年。范母见儿不回，望儿之心越急，每日啼哭，夜夜凄惨。孟姜苦劝不住，渐渐茶饭不用，病倒在床。孟姜求神不应，许愿不灵，只在床边站身，服侍多日，看婆母病重。范母言："媳妇，娘病大概不久于人世，我若死后，你不可披麻戴孝。我儿归期未定，你孤单一人，莫误你青春。"说完，气绝身亡。孟姜恸哭一场，邻居帮助收殓。孟姜披麻戴孝，哭送坟园。葬回，买纸一张，描婆母模样供养。〔宣〕

孟姜女描容像悲声大放，
砚磨墨手拈笔箭穿心肠。
画婆母白银发顶在头上，
画婆母思娇儿口不言心把儿想，
画婆母眉不展两眼泪汪，
画婆母坐椅上旁靠拐杖，
画婆母供案上一对烛亮。
设灵桌把容挂上，
叫婆婆淑性魄来格来尝。

〔白〕次日晨奠已毕,孟姜心想:丈夫去时衣服单薄,于今天气快冷,北地严寒。向日婆婆在日,不敢分身;今婆婆已去世,将容带在身旁,早晚供养。把丈夫棉衣鞋袜裹成一包,只等次日时至初更。想起爹娘养育之恩不报,伤心痛哭。〔宣〕

一更里哭公公青春早亡,
你媳妇到长城送衣寻夫郎,
暗保佑你的儿子平安无恙,
回家来承接你万年珍宝。
二更里哭我爹恩深无量,
养女儿十八岁嫁与范郎;
到今日寻夫主边关独往,
再相会怕的是梦里还乡。
三更里哭我娘心如刀伤,
娘养女原只望送终号丧,
你女儿负娘恩抛娘北走,
娘受尽千般苦空养一场。
四更里哭胞弟共母共娘,
你也是拉夫的掳往北方;
但愿得你郎舅同棚同帐,
寻到你跟姐夫回奉爹娘。

〔白〕孟姜女哭一夜,次日辞坟。〔宣〕

哭了声早死爹娘,一见亲坟好惨伤。
公公早年归泉壤,婆母今月又惨亡。
媳妇遵命同冢葬,得遂婆心苦节孀。
本当在家长供养,爹娘坟墓敢抛荒?
只因你儿长城往,送衣边塞寻夫郎。
媳妇心内前后想,全德义字孝又忘。
万般无奈把坟上,二老灵魂如在望。
爹娘受儿一炷香,焚化纸钱收归囊。
二老灵魂休别向,随儿一路去北方。
身带我娘真容像,早晚跟儿享豆觞。

〔白〕四邻妇女,见孟姜在坟上啼哭,都来相劝。听她哭诉,要往长城寻夫,有的说"千里迢迢",有的说"一人孤单",都劝她莫去。孟姜说:"有劳诸姑伯姐,我心已定,誓愿千里独行,不避难险,死而后已。"众妇女各自回家。邻里张世修老善人,听得孟姜要往长城送衣寻夫,叹气说:"此乃天地贤孝贞烈之人。"叫两个媳妇:"你看她这贤德榜样,你二人远远送她一阵,托她寄个信。你们的丈夫若还见,叫他们早些回来!我也与她送个行。"二妇遵命,先去路边等候。四邻听得老善人与孟姜送行,轰动妇女都来相送。孟姜在家安排起身。〔宣〕

到神前焚香烛泪流满面,
辞家神和祖先心穿似箭。
将母容取下来挂在身边,

背衣包驮行囊手拿雨伞。
走出门众乡邻围满一圈,
见容像个个人都说,
是老安人如在生前。
孟姜女锁上门回身一看,
老张公执拐杖站在路旁。
孟姜女跑面前施礼拜见,
尊一声老伯伯德慈高年,
曾听得我婆母时常讲念,
我家中顶你恩未报半点,
小女子有何德劳步不敢,
怎当得来送我鬓发高年。
将钥匙交伯伯托你照管,
我公婆两墓坟望乞哀怜。
老张公扯起孟姜泪流满面,
送寒衣寻丈夫三千里远,
第一个女文君万古流传!
公婆坟家屋事有我照管,
几句话嘱咐你谨记心间:
你本是钗裙女抛头露面,
怎受得塞外苦道路艰难?
走长路莫赶忙须要缓慢,
若有路莫登船风波防险;
若问路须要问白发高年,

若说话若宿店各凭两眼；
怕的是遇歹人心不良善，
清早起观天色阴晴亮暗；
晚宿店莫等到日落西山，
路途上莫啼哭，眼蒙眬找路不全。
到边庭见机行切莫久站，
找得见找不见早些回还。
有几两散碎银付你收捡，
在路上肚饥饿买碗饭餐。
老张公送别了同媳回还，
孟姜女跪谢起独把路赶。

〔白〕一路孤单凄凉，日夕思念婆婆，朝朝挂念丈夫，惨不堪言。幸得身体康健，行走爽快，一连走了十余日。思念婆婆，忍耐不住，坐在路边，恸哭起来：〔宣〕

自从媳妇离家乡，时时刻刻心难忘。
娘在慈悲恩难讲，日同食来夜同床。
我娘一旦归黄泉，丢儿孤身无主张，
思念丈夫长城往，寻你儿到北方。
虽然身带描容像，未知容颜在哪乡？

〔白〕孟姜哭罢，向北而行。方步奔走，虽有高山峻岭，崎岖险阻，行走如常。饥食渴饮，行走二十余日。天色近晚，茅屋门首站一老翁,孟姜借歇,老翁引进。孟姜问道:"老翁高姓尊名?"翁言:"贱名塞翁。小娘子何处人氏,从哪里来,为了何事?"孟姜将姓名、乡贯、送衣寻夫,从头至尾说了一遍。塞翁说道:"你不该来几千里路途送衣寻夫,受尽跋涉艰难不说,你怎晓塞外苦楚?筑城人有八十多万,连绵四百余里,你怎样寻找?所掳的民夫,受风霜之苦,饥无食,寒无衣,日晒夜露,死人无数,真是有去无归。你丈夫前年来的,大概不好找。"孟姜听言纷纷泪下,说:"就是死了,尸骨我也要寻!"翁言:"筑城人死,将尸填在城中,你如何寻得?"孟姜言道:"若寻不到,我就死在长城!"翁言:"大凡忠臣义士死了,骨骸不是赤红,便是黄金色;孝子节妇,骨洁白色。若寻得,将指咬破,滴血试之,不是你丈夫,血不入骨,方能辨得真假。此处离长城二百余里,绝少人烟,多备干粮,不能受饿。"次日拜别起身,一路恸哭不止。一路并无人烟,无处吃喝。走上一座大山,见长城,腹中饥饿,坐在路边痛哭。忽有一老母提篮前来动问。孟姜言:"找我丈夫,到此饥饿。"老母由篮内取馍送予孟姜。孟姜谢过,老母走去。孟姜前行,行走天晚,在荒郊野外哭了一夜。次日,在长城边寻来找去不见,放声大哭。〔宣〕

哭了声范郎夫今在哪边?
望长城似铜墙心急如箭。
数千里寻夫空指望,心中越想越惨伤。
你的命苦难得讲,母怀八月父早亡。
亲娘把你抚养十八上,才把为妻接到房。

谁知三日大祸降,棒打鸳鸯两分张。
好似黄鹰抓鸡样,娘未与你把话讲。
妻又来与你送短长,独自孤身向北往。
抛去少妻与老娘,婆母已死九泉往。
把娘送葬高山上,才来送衣寻夫郎。
多亏张公赠银两,方有盘费到此方。
妻带婆婆真容像,婆媳相依寻路长。
糊里糊涂朝北闯,不知夫的生死与存亡?

〔白〕孟姜寻了一日,见几处白骨,滴血不入。天色昏暗,坐在城边啼哭。次日又寻。〔宣〕

哭声夫,难道你是铁石心?千里迢迢把你寻,
一连两日寻不见,叫夫不应又喊天。
夫在北方婆在南,丈夫出门衣服单。
做下冬衣有几件,送到边塞夫遮寒。
登山涉水路几千,难道老天不可怜?
只求夫骨见一面,死在九泉也心甘。
老天不肯行方便,一头撞死长城边。

〔白〕孟姜哭罢立身,头向长城撞去。听得声大如雷,天崩地裂,把长城撞倒了数丈。孟姜晕倒在地上。停了半时,苏醒起来,向前一看长城墙倒地,正好寻骨。走进城基,有很多白骨,滴血不入。远望悬崖之下,有白骨森森。走上崖边,将指咬破,滴血在上

试之,光无痕迹,随滴随试,俱皆深入,知是丈夫,伏尸恸哭。一会儿想起,我来寻夫,将长城撞倒,倘若朝廷有人来查,把我拿去问罪,岂不连丈夫骨骸都不能回乡?远走为妙!打开衣包,将骨包好,用指血为号,背起来就走。〔宣〕

> 孟姜女离长城哭声大放,
> 叫范郎真魂灵随妻南行。
> 望故乡数千里翻山越岭,
> 神保佑身体康壮如风送云。
> 日夜行走奔前往,阴晴走脚不停。
> 孤影单身凄凉寒,想婆婆思丈夫恸哭难禁。
> 走一里哭一程人人伤心,走多日眼泪哭尽。
> 来到了同官地两眼血淋,
> 身坐在落燕崖寸步难进。
> 将夫骨放身边哀哭诉情,
> 男女们数千人上山来听,
> 无一人不替她流泪伤心;
> 三日夜诉的苦笔下减损,
> 血泪枯肝肠断气绝归阴。
> 同官人俱哀伤皆发恻隐,
> 将夫妻葬下合墓同坟。
> 请奖状达烈祠俱装金影,
> 千万人过往客岁月香焚。
> 彼女子听此言心中聪敏,

都要学孟姜女孝义烈勇。
尔男子听此书若不自警,
戴高帽穿长衫不若裙钗。
若不是孟姜女长城舍命,
怎得有雁门关南北通行?

(据民国陕西西安石印本)

风 景 名 胜

姜女哭泉[①]

哭泉,又叫烈泉。哭泉镇(自然镇)位于宜君县城南13千米处,现为哭泉乡政府所在地。在哭泉街西210国道旁,有一水泉,相传为秦时孟姜女哭出。孟姜女的故事在我国民间流传甚广。传说孟姜女身背丈夫的遗骨,一路颠簸受惊,来到荒无人烟的宜君梁南端。当时,她饥渴难忍,一声哀号,脚下突然冒出一股水来,解了饥渴,救了性命,真是神灵保佑,天助姜女。此后,人们便把这里形成的泉水称为"哭泉"。

史载,约在唐贞观年间,哭泉旁边始建孟姜女祠,占地约10亩,祠内有尼姑数十人。由于哭泉地处交通要道,故而成为驿站,过往者甚多。许多名人经过哭泉,留下脍炙人口的诗章。雍正时宜君县令查遴写有《过烈泉镇谒孟姜祠》:

一哭俄看地涌泉,崩城余气格苍天。
寒衣未到人先死,枯骨空携影自怜。
不朽荒祠春寂寂,无穷香誉水涓涓。
停骖此日瞻遗像,苦节应教万世传。

[①] 王英选主编:《可爱的宜君》,陕西人民出版社,1995年7月第1版,第123页。

1962年，现代著名戏剧家、诗人田汉经过哭泉时写道：

古城荒祠断碣眠，当年姜女走三边。
关城万里功千古，莫忘民间有哭泉。

就连唐代大诗人杜甫经过此地，也曾赋诗拜谒。据史载，姜女祠内历代文人墨客赋词吟诗达数百首。明代三原县人马理曾收录诸家名作，编成《孟姜女集》。如今，孟姜女祠遗址吸引着游人观瞻。

孟姜女祠

孟姜女祠修建于1000多年前，历经宋、元、明、清修葺扩建，到清代乾隆年间，已成为规模宏大、庙宇林立、影响久远的名胜古迹。

民国《同官县志》载："县北二里金山崖下有姜女石洞，广可丈许。土人为之塑像立祠，即孟姜女庙也。像为二人，左范郎、右姜女。明嘉靖二十五年（1546），知县亢庆鸿增编祭银及庙夫一名。"清康熙三十五年（1696）知县武令谟改建祠亭于石龛下，题额"金钗显烈"四字。乾隆三十五年（1770），知县袁文观重修，建楼三楹，门外道旁碑碣林立，好事者题咏甚多。民国时被国民党驻军拆毁，仅存石洞及方形石座。

昔日，此地山青石黛，柏翠柳绿，祠亭轩朗，清泉散珠，并有"姜女泪池""石隙见金"等遗迹。如登临台阁，俯瞰铜水古道，使人思扬千古，神驰边关。"姜女清风"为同官八景之一。1990年，铜川市政府、印台区政府投资修复祭亭、山门、碑廊，1993年秋对外开放，现为市级文物保护单位、国家2A级旅游景区。

今天的孟姜女祠焕然一新，山门、祭亭、孟姜女雕像及踏步层层错落，浑然一体。山门面阔三间，仿清代歇山式建筑，半拱飞檐，正中门额悬挂"孟姜女"牌匾。山门院内，矗立着高达4.5米的孟姜女塑像，高达1.5米的基座上镌刻着明代陕西巡抚秦扬的《过节妇孟姜祠祀》，两侧竖立着古人歌咏孟姜女祠的诗文碑。孟姜女的故事在我国尤其在民间流传极为广泛，文化内涵丰富。在众多的孟姜女遗迹中，铜川孟姜女祠是最值得人们游览的一处。

孟姜女文化研讨会发言摘录

【铜川日报编者按】2015年6月13日是我国第十个文化遗产日。当天上午，由铜川市王益区人民政府和铜川市市民间文艺家协会主办、铜川孟姜女文化旅游产业发展有限公司承办的陕西孟姜女文化研讨会在王益区召开。中国民间文艺家协会副主席、陕西省文联副主席、陕西省民协主席王勇超，市政协副主席靳贤孝及来自省内外的专家学者30余人参加会议。会上，各位专家学者围绕挖掘孟姜女文化内涵、打造孟姜女文化品牌、宣传造势孟家原孟姜女故里、开发建设孟家原孟姜女故里景区等，提出了多项建议和意见。我们选发部分观点予以刊发，以飨读者。

孟姜女的当下价值[①]

和谷

孟姜女的传说与牛郎织女、梁祝、白蛇传为中国古代四大民间传说,源远流长。其当下价值,不可估量。关于孟姜女故里,不管学界有多少版本,铜川黄堡孟家原当最为可信。

在现代旅游文化日益繁茂之际,创建和完善孟姜女文化景区势在必行。一是现代人传统道德、思想、情感的需要,孟姜女有着文化典范的意义;二是孟姜女故里有着丰富的原生态的自然、历史、地理和民俗资源,稍加开掘,即有独特的景观价值;三是传统农耕生活方式在这里已经发生了深刻变化,有一定的领先示范性,可影响方圆周边乡间的新生活的方向。

作为地域文化的创新,孟姜女乃独一无二的题材,可以从文学艺术各个领域重点着手,无论是官方媒体、自媒体的宣传,还是用文字、音乐、美术、书法、影视舞台剧等形式开发宣传,都可产生品牌效应。问题在于主事者如何布局,排除障碍,实实在在地去做,而不是轻描淡写,喊叫了多年仍然山河依旧。

(和谷,国家一级作家)

[①] 原载于 2015 年 6 月 19 日《铜川日报》。

挖掘弘扬孟姜女文化是我们的责任[1]

王勇超

今天是中国文化遗产日。孟姜女文化研讨会在铜川举行，我们共同研究孟姜女文化，这是我们民间文化发展的一件盛事。

中华优秀传统文化是民族的灵魂，是社会主义核心价值观的重要源泉，是中华民族数千年来延续发展的坚实根基。2000年来，孟姜女的故事家喻户晓，广为流传，是我国四大民间传说之一。历代文人墨客和民间艺人用诗文、杂剧、歌曲、刻碑、题词和地方戏剧等形式，表现了孟姜女文化深层次的内涵。

孟姜女是勇敢和忠贞的化身，受到了广大劳动人民的爱戴。2006年，孟姜女传说被列为"首批国家级非物质文化遗产"，全国兴起了孟姜女文化热。铜川王益区黄堡镇孟家原村是孟姜女的故里，占有得天独厚的优势，保存着大量孟姜女的残缺遗迹和故事，在民间广为流传。在践行社会主义核心价值观的今天，孟姜女的故事和传说在增强民族的凝聚力、提升文化的认同感等方面，具有重要的现实意义，对孟姜女文化的挖掘弘扬也是我们民间文化工作者的共同责任。让我们共同努力，为我们民族复兴、文化传承做出自

---

[1] 原载于2015年6月19日《铜川日报》。

己应有的贡献。早前和刘平安、杨金印等专家一起探讨过，他们的观点让我很受启发。孟姜女文化流传几千年，各朝各代都在传说中继承着。在改革开放的大潮中，人们向往的是经济利益最大化，而民间文化工作者却甘守清贫，忍受着寂寞，坚持挖掘着地方文化、优秀文化。通过今天这个活动，通过各位专家的努力，我们可以将取得的成果整理成册，特别是以小说的形式，让更多人全方位地了解孟姜女文化。近年来，铜川市文学艺术界联合会、民间文艺家协会对民间文化发展的高度重视，都走在铜川市的前列。此次活动内容丰富，这和地方政府的高度重视和大力支持是分不开的。曾有幸和秦凤岗老先生探讨过孟姜女的研究，话中所及，都是孟姜女文化遗存的佐证。让我们共同努力，让世人更多地了解孟姜女、了解王益区，把陕西历史悠久的文化共同继承好、弘扬好。

（王勇超，中国民协副主席，陕西省文联副主席、省民协主席）

弘扬社会主义核心价值观
挖掘和保护传统优秀文化①

姜文宏

王益区是铜川北市区经济、文化中心,物阜人杰,历史文化源远流长,是中国古代四大民间传说之一的主角孟姜女的故里,更是"巧如范金,精比琢玉"的耀州瓷的家乡。近年来,王益区牢牢把握稳中求进的工作总基调,以提高经济发展质量和效益为中心,主动适应经济发展新常态,着力打造"一轴两园"三大经济板块,大力实施"项目带动、园区引领、统筹城乡、经营城市"四大战略,统筹推进转方式、调结构、促改革、惠民生各项工作,加快建设富裕、宜居、绿色、人文、平安新王益。2014年实现生产总值82.2亿元,增长13.8%;地方财政收入2.16亿元,同口径增长9.5%;城镇居民人均可支配收入27992元,增长12%;农村居民人均可支配收入10398元,增长13.2%。在全省城区经济监测考核中,实现"三年四进位",连续3年获争先进位奖。

挖掘和保护传统优秀文化,从中汲取精神力量,是弘扬社会主义核心价值观、建设人文王益的历史责任,也对促进区域经济转型

---

① 原载于2015年6月19日《铜川日报》。

发展具有重要的推动作用。孟姜女文化作为一个独特的文化资源，既是20万王益人的骄傲，更是铜川一个重要的文化符号，它所蕴含的道德力量和文化价值是不可多得的精神财富。多年来，王益区委、区政府始终高度重视孟姜女文化的挖掘传承和孟姜女故里的保护开发，以孟家原鲜桃产业和桃花观赏为切入点，实施了万亩桃园建设，连续举办了7届"桃花节"，吸引了大批游客游故里、赏桃花，使孟姜女故里的知名度和美誉度不断提高，孟姜女故里已被公布为"铜川市重点文物保护单位"。下一步，我们将坚持高水平规划、高标准开发，加快孟姜女故里旅游景区建设，打造以"秦文化""孟姜女文化"为主要元素，集旅游、休闲、鲜果销售、特色小吃于一体的彰显地域文化特色的知名乡村旅游景区。按照整体规划、分步实施的思路，计划投入3亿元，围绕孟家原大景区的深度开发，实施黄环路改造工程，打通东原旅游环线，为景区开发奠定基础。

"政善山河美，天青月自明。"研究孟姜女文化，体会孟姜女文化蕴含的道德之美、和谐之美，让这一文化瑰宝更加有深度、有温度、有力度。

（姜文宏，时任铜川市王益区区长）

重视人文历史地理学研究
确立铜川孟姜女传说故里地位①

黄卫平

我认为,铜川孟姜女传说研究应该突出铜川特点,必须有铜川特色,应该利用新的历史资料的发现,从人文历史地理学角度来进一步审视、思考、研究,以在全国确立铜川是孟姜女传说的故里也即最早形成孟姜女传说发祥地的地位。

新历史条件下铜川孟姜女传说研究和申报国家级非物质文化遗产,有新的研究和比较优势。

一、孟姜女名字的由来,众说纷纭,尚无定论。新的历史资料表明,孟姜女名字的出现和铜川有着丝丝缕缕的联系。据20世纪新出土的《大唐临川郡长公主墓志铭并序》,可以发现孟姜女这个名字出现在唐初,后来成为孟姜女传说的女主人公名字。这个名字是因为唐太宗之女孟姜而来,而孟姜的名字还是唐太宗赐予的。

该墓志铭并序与孟姜女之名相关由来的文字是这样记载的:

> 贞观初,圣皇避暑甘泉,公主随傅京邑。载怀温情,有切晨昏,乃□表起居,兼手缮写。圣皇览之欣然,以示元舅长孙无忌

---

① 原载于2015年6月19日《铜川日报》。

曰：朕女年小，未多习学，词迹如此，足以慰人。朕闻王羲之之女字孟姜，颇工书艺，慕之为字，庶可齐踪。因字曰孟姜，大加恩赏。仍令宫官善书者侍书，兼遣女师侍读。寻封临川郡公主，食邑三千户。

大唐公主孟姜，是唐太宗第十个女儿、唐高宗李治之姊。从墓志可知她自小喜爱书法，坚持练笔，即使随父亲避暑行宫，也不放弃，还将缮写的作品呈给太宗看，故而为酷爱书法尤其是王羲之书法的唐太宗所喜爱。唐太宗以王羲之之女字孟姜，特赐名孟姜，遂以孟姜女名传。孟姜女的名字在当时特别是在京兆地区的影响应该是较大的，而她又得到酷爱书法的唐太宗李世民的溺爱，唐太宗每每出巡、避暑都带着她。唐太宗李世民巡幸避暑行宫有多次，主要的避暑胜地是铜川的玉华宫。甘泉宫、九成宫清凉皆不及玉华宫，所以唐太宗多次来玉华避暑，很自然也会带着她了。同时铜川地区在唐代属于京兆管辖，又是最先形成孟姜女传说的区域，她的名字自然会迅速在铜川地区不胫而走，流传开来。孟姜女的名字和孟姜女传说融合在一起，最终孟姜女的故事也就定型了。

二、山东、河北皆以境内有长城为申报国家级非物质文化遗产的必然条件，而哭长城是形成孟姜女传说的必然条件。民间传说的形成，有其历史条件的必然性和地域的完整性，铜川（同官）诞生孟姜女传说，在这一地区也应该有长城才更为客观。过去因为缺少这方面的研究和发现，一直深以为憾。2009年铜川完成了全国第三次文物普查，新发现了距离孟姜女哭泉遗址约20千米的战国长城遗址，据专家考证为魏长城遗址，这给铜川孟姜女传说的完整性增加了历史和实物的证明。这方面的研究目前仍是空白。

三、审视山东、河北等地成功申报孟姜女传说为国家级非物质文化遗产,有一个重要的原因是他们的资源活用以及研究等活动一直走在前边,津门更举办过孟姜女文化节。铜川缺少的不是资源而是包括研究在内的各项活动。比如 2005 年山东成功申报国家非物质文化遗产,一个重要的依据是在清水县发现了一通唐开元八年(720)的碑刻,因而证实孟姜女传说诞生在唐代山东,而哭倒的长城是齐长城。我想方设法找到了这个碑拓。原文如下:

有清信优婆夷阿刘,为亡夫、亡过男,在禅院内敬造七级浮屠一所。前瞻古堞,梁妻大哭之城;却背孝堂,郭巨埋金之地。西临日驿,共飞云而竞东;东望天孙,耸崇岩而切汉。

显然这个唐碑说的哭城的是"梁妻",也即"杞梁妻",和孟姜女不是一人。所哭的也不是长城,而是临淄城。"杞梁妻"是历史人物,在《左传》上有记载,20 世纪顾颉刚先生进行孟姜女考证,就考订杞梁妻是历史的系统,孟姜女是传说的系统,两者不是一个范畴。

作为传说,铜川孟姜女的历史记载在全国是最早的,有南北朝时成书的《魏书》,载同官有"回女山",即今女回山;铜川孟姜女祠(宋代称孟姜女庙)在全国兴建是最早的,有嘉祐年间重修的记载,兴建当更早,有传说为五代,其实应该更早;孟姜女庙遗址出土有宋代嘉祐年间的题咏孟姜女诗刻碑,也是全国最早的;明代嘉靖年间同官就印刷刊行了《孟姜女集》,在全国是独一无二的……在孟姜女传说中有这么多的"之最"和"第一",加上宜君长城的发现,在秦代以后,长城矗立在铜川大地,一直产生着巨大的历史、生活和文化的影响,催生了孟姜女传说中哭长城的主要情节,铜川是孟姜女传说的故里当之无愧。在同官明《孟姜女集》中有确切记载的腰砍同官孟姜女传说、移花接木的湖南澧州(即今澧县)传说已经成功申报国家级非物质文化遗产,只要我们做好孟姜女传说的人文历史地理学研究,铜川孟姜女传说国家级非物质文化遗产的申报,还不是水到渠成的事吗?

(黄卫平,时任铜川市作协主席)

制作孟姜女故事系列动漫及
商业产品 提升铜川对外影响力[①]

黄宏显

孟姜女传说故事是在中国有广泛影响的四大民间传说之一,被列为省级非物质文化遗产保护项目,铜川市学者秦凤岗先生为"陕西省第四批非物质文化遗产孟姜女代表性传承人"。

孟姜女是铜川人,哭倒长城,背着丈夫遗骸,由长城脚下的榆林一路向南,在榆林、延安和铜川地区留下了大量的民间传说故事、民歌和遗迹,这些地方的孟姜女传说故事和我市的孟姜女传说及遗迹形成呼应,进一步印证了铜川是孟姜女的故乡。铜川遗存有大量孟姜女传说的遗迹和故事,我市宜君县哭泉镇留有哭泉、料石坡,印台区金锁关留有搬转山(女回山)、无刺酸枣,北关桥北有孟姜女祠,王益区孟家原村作为孟姜女的故里已被公布为"铜川市重点文物保护单位"。

孟姜女文化是铜川历史文化中一个重要的符号,也是铜川具有影响力的特色文化之一。弘扬孟姜女文化,深入挖掘其蕴含的真善美品德,对铜川来说,既有得天独厚的优势,又对当前培育和弘扬社会主义核心价值观有积极的促进作用。

为了打响孟姜女文化品牌,将孟姜女故里打造成全省知名、独

[①] 原载于 2015 年 6 月 19 日《铜川日报》。

具特色的文化旅游景区，陕西宏显文化传媒有限公司决定投资、开发、制作大型动漫故事片《孟姜女》，全面介绍孟姜女的事迹。

用动漫艺术诠释孟姜女故事是一种创新，能够给受众一种新的视角。孟姜女故事集爱情、忠贞、孝道等家庭传统美德于一体，内涵价值非常高，具有广泛的民间基础。开发孟姜女故事，将其制作成一系列动漫及商业产品，填补了铜川动漫产业的空白，并对利用动漫开发药王文化、耀瓷文化和推动铜川各个产业的发展具有积极的促进作用。最重要的是，铜川正处于经济转型时期，精神文明建设也是转型的重头戏，通过宣传孟姜女的故事，不仅可以提升铜川的对外形象和影响力，而且可以促进铜川经济社会可持续发展。

孟姜女故事家喻户晓，流传了千余年。王益区孟家原作为孟姜女故事的发源地，其民风淳朴，自然条件优越，具有打造优秀文化品牌的环境。以孟姜女故事为切入点，对广大市民尤其是青少年进行传统文化教育，彰显孟姜女文化中的"忠、孝"等传统美德，将会促进家庭、社会和谐，推动铜川经济社会的健康发展。

作为一个传说，孟姜女故事内涵丰富，但要成为一个文化品牌，尚需诸多努力。因为年代久远，遗留的文字资料较少，考证不易，仅凭人们口口相传，难免挂一漏万。人们仅仅熟知孟姜女的故事，却并不知她的发源地的历史文化。基于此考虑，必须坚持"以孟姜女故事为基础，以孟姜女产品为切入，以孟姜女品牌为核心，以孟姜女文化为关键"的思路，深度挖掘孟姜女故事的内涵，打造孟姜女动漫产业，使其成为陕西文化百花园中一朵亮丽的奇葩。

（黄宏显，时任陕西省民协副主席，铜川市文联副主席、民协主席）

凝心聚气　做好孟姜女文化遗产研究保护开发工作[①]

刘新中

看了《陕西孟姜女传说》的连环画以及其他的文字材料，有一种不经意的感动。本来今天有其他的会，民协的黄宏显主席三番五次打电话、发短信，一再要求我来，铜川于我有感情，还是来了，来了就有了感动。多年来，缺乏条件大家创造条件上，市民协、王益区文化局、退休的老同志、民营企业家对自己家乡的民间文化是挚爱的，做了大量工作，使孟姜女的研究保护有了些起色。民协的黄宏显主席是政协委员，还屡次提议案，呼吁对孟姜女保护、研究、开发、利用，这是一种高度的文化自觉。今天，市民协、王益区政府共同努力、促进，开了这个会，相信这会是一个鼓劲的会，一个提高认识的会，一个明确方向的会。

铜川对孟姜女故事的搜集整理及研究始于20世纪80年代，王世雄、贾福义、黄卫平都做了不少有积极意义的工作；后来，文化部搞几大民间文艺集成，借这个机会，市县乡三级文化部门齐动，这项工作上了一个台阶，文字资料补充了不少，遗迹保护也开始有

[①] 原载于2015年6月19日《铜川日报》。

了动作。但可惜由于种种原因,这项工作没有坚持下来,或者说,没有达到应有的程度。

我现在在陕西省艺术馆工作,陕西省非物质文化遗产中心就在陕西省艺术馆,两块牌子一套人马。全国的"非遗"项目,第一批就有孟姜女,但申报单位是山东的淄博,后来扩展加了河北的秦皇岛;去年第四批,又有孟姜女,申报单位是山东的莱芜。孟姜女传说是中国四大传说之一,源远流长、影响大,根据铜川的遗迹情况以及专家考证,铜川和孟姜女距离最近,但却不是全国的"非遗"项目,这是一个很大的遗憾。原因很多,我们可以从文化、经济以及其他社会领域成功与不成功的诸多事例里思考。但千说万说,还是我们自身努力不够。

我们现在要做的,首先要争取让铜川的孟姜女成为全国的"非遗"项目,要争这个名分。名正则言顺,才能做更大的事情。应当说现在的大气候是好的,渠道是畅通的,关键看我们怎么做。

另外还要组织些作家、艺术家采风,写些东西,用文学艺术的感染力,让更多的人了解孟姜女、了解铜川。这方面事例很多,事半而功倍。

孟姜女文化遗产的保护研究开发利用工作是一个大课题,遗迹、故事宜君县、印台区和王益区都有,铜川市应该统一抓起来,整合力量,凝心聚气,做好这件事,切切实实让这笔丰厚的文化资源形成生产力,不断完善和强大铜川。

(刘新中,陕西省艺术馆研究馆员)

打造最动情的爱情名片[1]

刘平安

民间传说，顾名思义，就是老百姓在民间口头传承的一种叙事形式，在流传过程中被人们不断地加工提炼，从而被赋予了深刻的思想内涵、鲜明的艺术色彩和浓郁的审美情趣，直接反映民众的情感认同和价值取向。民间传说是伴随着人类历史的发展而一直延续下来的，既是我们研究历史的重要素材，更是研究人类文明演进过程的重要依据，是浸透在我们这个民族骨髓中的文化基因。

孟姜女的传说是中国古代四大民间传说之一，千百年来一直广为流传。尽管全国各地有关孟姜女的遗迹很多，但文化资源是公共资源，关键看谁先保护、谁先开发、谁先利用了。谁保护得早、谁开发得早、谁利用得早，谁就占有优势。

如何保护开发好孟姜女文化？我认为，最重要的还是要发掘其文化内涵。孟姜女传说和梁山伯与祝英台、牛郎织女、白蛇传一样，都是以反映爱情为主题的，同时也有对恶势力的控诉。但孟姜女对爱情的忠贞不屈，反抗暴政、千里寻夫、哭倒长城，以至遭到秦兵追杀的悲壮与惨烈是其他民间传说所无法类比的。要打造好孟

---

[1] 原载于 2015 年 6 月 19 日《铜川日报》。

姜女文化，就应该紧紧依托孟姜女的传说和历史遗迹，大力发展中国爱情文化游，倡导孟姜女对爱情忠贞不渝的精神。如每年阴历七月七日在孟姜女祠前、孟姜女故里举办"中国孟姜女情人节"，让情侣们面对2000多年前那个倔强而又痴情的女子的塑像，共宣爱情的誓言，做穿越历史时空的对话与感悟，以洗涤心灵的情垢。在孟姜女祠前能开发出一汪情侣湖、一条情侣堤、一片情侣坪，还可以让有情人植下一棵棵情侣树；在孟姜女故里恢复孟、姜两家秦式古院落和街坊，开发一片孟姜女文化园，建设一处孟姜女文化碑廊；同时，结合孟姜女故里生态建设发展农家乐，开发民间剪纸、农民画、刺绣、荷包、陶瓷等工艺美术品；甚至吸引各地的情侣们在孟姜女故里举办仿古婚礼，接受传统礼仪的熏陶。旅游关键要有看点，要有兴奋点，否则就留不住游客。

孟姜女文化是铜川重要的历史文化资源，它涉及印台区的孟姜女祠、宜君县的哭泉、王益区的孟姜女故里。打造孟姜女文化，需要统一规划、统筹兼顾，各有侧重、合力推进，形成一条孟姜女爱情旅游专线，将孟姜女文化打造成铜川一张最为动情的爱情名片。

（刘平安，陕西省文联办公室主任）

把孟姜女的传说落到实处[①]

秦凤岗

孟姜女的传说是世界民间文学宝库中一颗璀璨夺目的明珠。此传说本应成为我市一张亮丽的名片,但毋庸讳言,我们对此宣传力度不足,市内亦缺少可观赏的有关景点。我认为,为改变此现状,可从以下几方面入手:

一、将市人民公园改名为孟姜女公园。人民公园有铭湖景区、春景园、夏景园、绚秋园、观景台、大踏步、田亭、民族亭等景区供游人观光,是为全市人民提供休闲娱乐、体育锻炼、精神文明展示的综合性公园。但是,该公园在市外知名度并不高,为什么呢?因为缺乏地方特色。为此我认为,可将此公园改建为铜川市孟姜女公园,将铭湖改称为"孟姜女湖";湖心亭,是铭湖景区的中心建筑物,可将其改设为孟姜女纪念馆或孟姜女文化展室,展示我市现有的有关史料及著作,内置孟姜女坐像;将观景台改为"望夫台",设孟姜女立像;将跃进亭、东风亭、田亭等,改为与爱情有关的名称,如"同心亭""海誓亭""山盟亭"等;将民族亭长廊上的彩绘之内容,改绘为当地孟姜女传说。

[①] 原载于 2015 年 6 月 19 日《铜川日报》。

二、我市有关孟姜女传说的景点，除了王益区孟姜女故里、印台区金山孟姜女祠、宜君县哭泉以外，还有印台区金锁关的搬转山，宜君县的一锹土、孟姜女的鞋坑坑土等。可惜的是，这些珍贵的旅游资源，至今尚未得到利用。就拿搬转山来说，本名女回山，这是一个古老的地名，在《新唐书》中就有记载。相传孟姜女哭倒长城后，背着丈夫的遗骸南归同官县途中，搬转了此山方向，挡住了秦始皇的追兵。历代文人墨客途经此地时，无不为这个惊天动地的传说震撼，写下了大量诗歌，例如明朝名将王崇古的作品。我们在搬转山峭壁镌刻有关此传说的画面，再刻上这些作品，岂不又是一处景点？在一锹土、鞋坑坑土等地，至少应竖立碑刻作为标识。

三、根据同官孟姜女的传说，孟姜女在北上途中，途经今天的米脂、甘泉、绥德、靖边等地。据可靠信息，这些地方也流传有相关传说，我们应当派人将其搜集整理起来。这样做对充实铜川的孟姜女传说，无疑有重要意义。

四、要加大对孟家原景区的开发力度。建孟姜女文化广场、塑制孟姜女巨像、复原孟姜女故居、建秦文化园，这些重大工程单靠民营企业家的资金是不够的，政府应予以大力支持。

（秦凤岗，孟姜女文化研究会会长、王益区作协主席）

加强孟姜女故里建设
弘扬孝老敬老传统美德①

王赵民

孟姜女是铜川人,这是古籍里明确记载的,是一个不争的史实。孟姜女哭倒长城,背着丈夫遗骸,由长城脚下的榆林一路向南,在榆林、延安和铜川地区留下了大量的民间传说故事、民歌和遗迹,定边、米脂、绥德、吴堡、甘泉等县的文史资料收集有孟姜女故事和遗迹,这些地方的孟姜女传说故事和我市的孟姜女传说及遗迹形成呼应,进一步印证了铜川是孟姜女的故乡,也为我们打造孟姜女文化提供了得天独厚的条件。对此,我有以下几点建议:

一、修复孟姜女故居。

孟姜女传说,多以民间故事、歌谣的形式表现。有一首歌谣就唱到"家住城南二十里",说明孟姜女的家在黄堡地区,后来被认定为孟家原村。

我认为,修复孟姜女故里,孟家原村有传承孟姜女文化的基础。过去人居住在村边坡下的窑洞,如今人搬上了原,有的窑洞还在,只是院落荒芜。建议可选择好一点的窑洞,稍加修整,就可以

---

① 原载于2015年6月19日《铜川日报》。

恢复孟家、姜家两个院落，然后根据孟姜女故事情节，再精心布展，供人们参观、凭吊，全面系统了解孟姜女文化。

二、展示孟姜女文化研究成果。

孟姜女故事很多，遗迹也很多。与其他的三个神话故事不同，孟姜女最后羽化为泉水，造福百姓。民间流传的"十月一日送寒衣"与孟姜女有关，据说面糊糊也是孟姜女发明的，这为我们开发孟姜女文化产品提供了条件，我们要做足、做好孟姜女文化。

我们给孟姜女安了家，孟家原村作为孟姜女文化的根，要做的事情很多。当务之急，一是要做好规划，把孟姜女文化融入村子的发展之中；二是要全民参与，形成共识，人人都会说孟姜女的故事；三是要联手兄弟区县，共同弘扬孟姜女文化，延长孟姜女文化的链条，对外形成扩展力。

三、开展丰富多彩的活动。

孟家原村首先要提出响亮的建设孟姜女故里的口号，成为新农村建设的排头兵，率先实现小康；要重视孟姜女文化，挖掘并传承"真善美"的思想，打造铜川秦文化基地；还要开展丰富多彩的活动，例如举办庙会、评选孝老敬老的模范。这方面，可以借鉴外地的做法。

现在，建设孟姜女故里的时机已经成熟，只要大家共同努力，一个崭新的孟姜女故里就会展现在世人面前。

（王赵民，铜川市政府研究室副调研员）

铜川孟姜女文化之
大品牌、大思维、大运作[①]

李延军

铜川大地上历史文化丰厚,孟姜女文化就是一个突出的例子,就是一个大品牌。

一、孟姜女文化大品牌内涵。

1.铜川孟姜女文化传说居中国"四大民间爱情传说"之首。在中国古代的四大民间传说孟姜女、牛郎织女、白蛇传和梁山伯与祝英台中,孟姜女文化传说以其年代久远、家喻户晓等因素,理所当然地稳居第一位。这是铜川人民的一笔大财富。她与孙思邈、柳公权、范宽等历史人物一样,其传说与故事具有重要的历史意义和现实开发价值。

2.铜川的孟姜女文化形成最早。据专家考证,铜川境内的孟姜女文化传说最早形成于唐宋时期,唐代著作中就有铜川境内孟姜女文化地名的记载。《唐书·地理志》就记载有:"同官县有女回山。"宜君县哭泉镇之孟姜女祠,相传创建于唐代。著名学者秦凤

[①] 原载于2015年6月19日《铜川日报》。

岗曾经见到，印台区北关金山孟姜女祠的石崖上刻有"天成四年"四个大字。他据此推测，后唐明宗时期，是该祠的始创年代。此祠在北宋嘉祐年间重修。铜川境内的哭泉孟姜女祠和金山孟姜女祠，是中国历史最悠久的孟姜女祠。这两座祠和女回山一样，都是孟姜女传说最早起源于铜川的佐证。

3. 铜川的孟姜女文化分布地域广、种类多。铜川孟姜女文化传说的遗址，包括了王益、宜君、印台三个区县，塬、坡、泉、山、川等不同地理地貌特征，孟家原、料石坡、哭泉、泪泉、女回山（也叫搬转山）、金山、漆水河川道、烈桥等。

4. 铜川孟姜女文化传说自成体系，自圆其说。铜川的孟姜女文化传说，从出生（葫芦生子）、成婚、万喜良被强征去边关修长城、孟姜女送寒衣（陕西人十月初一为逝者送寒衣的民俗就源于此）、哭倒长城、滴血验骨、负骨回乡（哭泉、女回山），一直到死（金山坐化）等，涵盖了孟姜女一生的各个阶段，自成体系，能够自圆其说。

二、大品牌需要大思维来支撑。

1. 打破常规，超常发展。抓住重要节点，优先发展条件成熟的区块，以点带面，最终实现全面突破。

2. 打破区域界限。由市政府牵头，或委托公司牵头，从塑造人物的角度，以孟姜女的生命顺序，重新整合铜川境内的孟姜女文化资源。突出各个节点和系列性，让人在铜川境内，能够形象地看到孟姜女一生的全貌。

3. 打破条块分割，让铜川孟姜女文化成系列开发，真正形成全市"一条龙"式的集群开发优势，形成"铜川孟姜女文化品牌"一个组合拳。

三、大思维依靠大运作来实现。

1. 政府主导。市上要发挥主导作用，协调、沟通各相关区县，形成"铜川孟姜女文化"的整体优势，齐心协力打造"铜川孟姜女文化品牌"。

2. 走市场化的道路，由相关公司市场化运作。如今，铜川孟姜女文化旅游产业发展有限公司已经成立，市政府和各相关区县政府要主动与公司进行协调，采取产权和经营权分离等市场化运作手段，委托公司开发运作，赋予公司更大的经营权和自主权，使其真正成为"铜川孟姜女文化"开发的龙头，强力打造和推出品牌。

3. 建设旅游道路、景区停车场，使交通运输和旅游服务跟上发展需要，形成"铜川孟姜女文化专线旅游"，并不断提升这一专线旅游的美誉度和知名度。

4. 与其他文化产业的开发协调配合，立体开发，形成整体优势。比如拍摄电视连续剧《孟姜女》、开发相关旅游产品等。

（李延军，铜川市作协副主席）

铜川孟姜女文化旅游规划的几点建议[①]

周占魁

从休闲旅游发展的综合性、联动性等特征考虑，推进区域风景资源的综合开发利用，孟家原文化园区作为王益区旅游网络的微观层面，应主动接轨更大范围的景区，将其融入环山旅游带协作网络，做到资源互补、设施共建、市场共享。为此，我有以下几点建议：

一、建设孟姜女文化及秦文化主题区。

以秦文化为背景，以孟姜女文化为主体，着力开发与秦、孟姜女相关的文化旅游基础设施，重点建设孟姜女文化馆、孟姜女文化碑林、孟姜女爱情文化广场、中式传统婚礼体验区、仿秦建筑古文化一条街、秦博物馆、秦人生活馆、秦文化书院、秦文化大戏台、秦手工泥陶工艺体验馆、秦主题文化餐厅，将孟家原打造成秦文化民俗村，让人们在观光的同时，体验秦先民的生活方式与环境，感受秦地、秦人、秦风、秦韵、秦文化。

二、建设桃文化生态休闲区。

桃又被称作"波斯果"，我们的祖先3000多年前从野生的毛桃培植成家桃，后来由中国传入波斯，又传入古希腊，所以桃是中

[①] 原载于2015年6月19日《铜川日报》。

华民族对全世界的贡献。开发了铜川孟姜女文化旅游产业园后,铜川市民将不用舟车劳顿,就能在家门口亲身体会到陶渊明在《桃花源记》中所描述的"芳草鲜美,落英缤纷"的美丽景致。不久后,孟家原将建成一座以桃文化为主题的生态休闲区,为铜川市民打造一处现实版的"世外桃源"。

建设桃园景区将打造观赏区、采摘区、接待服务区等几大功能区,实现规模化、专业化、产业化经营。建成后计划将于每年的4月中旬举办"桃花节",5至8月份举办市民畅游桃园、摘鲜桃等活动。届时将不仅吸引铜川市民前来参观,还将辐射到山西、河南、甘肃等地,全面推介孟家原优质生态旅游资源。

农业创意产业园区:建设农业观光园、草莓园、果蔬园等,集休闲娱乐、特色餐饮、住宿、旅游观光于一体,分别开设生态采摘、生态餐厅、小品景观、民俗景观等。

举办4月桃花节、6月鲜桃开摘节、11月孟姜女文化庙会"三节"。通过"三节",提高孟家原经济收入,拉动孟姜女文化旅游产业发展。

三、恢复建设"十景"。

孟姜女故居:复原孟姜女故居,将孟、姜两家的土窑洞、院墙、门楼修葺,还原大葫芦生女,再现孟姜女传说。

孟姜女文化展示馆:重点展示关于孟姜女故事的连环画、孟姜女传说的考证、关于陕西孟姜女故事传说的史料以及有关传说遗址的照片。

孟姜女望夫汉白玉雕像:初步将石像定立于景区内开阔处,石像面北望夫,充分体现孟姜女对丈夫回归家园的企盼。

秦代古建筑文化街：展现秦代不同时期、不同地域的建筑风格（如秦统一六国后的皇宫、衙门、书馆、百姓家庭等的官用、商用、民用各式建筑），展示官员、商人、百姓的不同生活环境，体现秦人的风土人情。

秦文化展示区商业街：商业街出售当地农产品如桃、樱桃、苹果等，以及各类小吃如雪花糖、陈炉泼面、宜君豆腐、酸奶、搅团、漏鱼、太后酥等及桃木工艺品、养生保健产品。

三秦书院：建筑物仿秦结构，布局拟山东省曲阜市尼山书院。传授中国传统文化，周六、周日举办传统文化讲座，暑假期间招收小学生，举办中国传统礼仪讲座。

秦文化博物馆：展出石鼓文、峄山刻石、泰山刻石、琅琊刻石等拓片，睡虎地秦简、里耶秦简等复制品，秦代武器、战车、戈、剑（如吕不韦剑）等兵器复制品，战国时秦国及秦代钱币如半两钱、圜钱、桼垣一釿等复制品，秦代著作如《商君书》《吕氏春秋》，秦俑复制品，其他复制品如玉器等。

秦人生活起居馆：展出秦人服饰、饮食、生活环境、起居用品、交通工具、农业、畜牧用品等。

桃花美景观景楼：仿秦楼台式建筑，坐落于景区地势最高处，登上观景楼可将孟家原的美景尽收眼底。

桃园生态旅游环形观光栈道：水泥仿木结构，栈道穿梭于桃园美景之中，让人们感受大自然带来的惬意。

中国传统婚礼体验馆：传统关中院落，传统婚嫁礼仪，传统结婚待客模式，传统婚礼服装、花轿、仪仗，传统食谱，古典乐器演奏。

（周占魁，铜川市孟姜女文化旅游产业发展有限公司董事长）

孟姜女传说纪事

唐代

约中唐（8世纪），《唐钞文选集注汇存》辑录成书，内收孟姜女故事传说雏形《孟姿》。

天宝六载（747），《同贤记》传世，为日本遣唐使传抄带回日本，内记同官县（1946年改为铜川县，1958年建市）孟姜女传说雏形《孟仲姿》(现存于《琱玉集》残卷)。

晚唐诗僧贯休作《杞梁妻》诗，收入《禅月集》卷一。

约是时，同官孟姜女传说形成并传世。

约是时，敦煌词问世并入藏敦煌石室，内有多种孟姜女诗词资料，以《捣练子》词为著名。

天成四年（929），传同官县在今印台区金山建造孟姜女祠庙。其石刻题记为20世纪80年代砌护坡时所勒。

宋代

嘉祐三年（1058）上元节，同官县令宋宗谔重修孟姜女庙于北关金山岩下，同时刊刻诗碑，有《留题孟姜遗庙》碑等。宋宗谔并吟五言、七言古诗各一首，有"……□骸复归程，此山应驻趾。遗像俨如生，款识全无纪。我来管此民，废祠因复治"。

嘉祐五年（1060）六月，《新唐书》纂成。传说因孟姜女避秦追兵感天动地、山回路转而得名的女回山，被记入该书"地理志"，"同官畿有女回山"，名为"回女山"。

约是时，宋宗谔卸任回河北故里，将同官孟姜女传说带回河北。

熙宁九年（1076），《长安志》纂成，女回山之名被录入该书。

金代

大定年间（1161—1189），杨竣作《灵泉观记》，记述孟姜女祠当时状况。

元代

至元十四年（1277），曾任元世祖忽必烈副枢密史、时任安西王相商左山过宜君哭泉，赋《哭泉》七绝、五言长律各一首。

元贞二年（1296），《类编长安志》纂成，内"泉渠"和"纪异"收入宜君孟姜女"哭泉"掌故，并收录陕西抚台商左山咏哭泉诗两首；女回山再次被记载。

至正二年（1342），同官县尹孙彝重修孟姜女祠，立碑纪事。

明代

天顺五年（1461），《大明一统志》纂成，记载"孟姜女本陕之同官人"。

弘治五年（1492），《职方典》刊行，记孟姜女为陕西同官人，录金山岩下孟姜女祠、哭泉及烈女祠掌故、事迹。

弘治十年（1497），延安知府李延寿赴任途中过哭泉。后返，途中遇雨，避雨哭泉，作哭泉诗并长引，有碑传世。

弘治十七年（1504），《延安府志》成书，记载宜君县南哭泉镇孟姜女哭泉故事。

嘉靖十年（1531）九月，湖南澧州人、副都御史李如圭"抚赈延绥，致仕归里"，路经同官，参谒孟姜女庙，始知同官孟姜女传说。回到家乡后，与湖广巡抚、右副都御史林大辂和澧州知州汪倬谋划，在澧州"为之(孟姜女)建祠塑像，春秋致祭，匾其祠'贞烈'"。从此，李如圭之说"澧州所载乃姜女之始事，同官所载乃姜女之终事。合而观之，姜女之事备矣"，"澧州本院分为勒碑记载"。自此，孟姜女的籍贯同官就被篡改为"楚地澧州"。

嘉靖十五年（1536）春，李如圭以总理河道起用，道经河南汴梁（今开封市），嘱咐祥符知县刘九容派遣属吏前来同官，摹印同官孟姜女祠历代碑刻诗文；同时向不相统属的同官县署发来移文，陈述将澧州和同官两地的孟姜女故事拼接于一起事由。该移文载明《孟姜女集》。

嘉靖二十一年（1542），第一部《陕西通志》纂成，卷27《西安府乡贤·贞淑》载"秦孟姜，同官人"，并记载"孟姜女庙，在县北"。

嘉靖二十五年（1546），同官知县亢庆鸿始设"孟姜女祠祭银及庙夫一名"，变孟姜女祠"民祠"为"官祠"，祭祀时间定为每年清明和十月初一。在此以前，明代"同官未有典祀"。

嘉靖二十七年（1548），同官《孟姜女集》编刻，三原人马理作序，收录北宋至明诗文40多首（篇）。

嘉靖三十六年（1557），乔三石编《耀州志》成，收录孟姜女传说，记载"孟姜女澧州人、死同官县"说"始自李如圭"。

嘉靖三十八年（1559），同官县重刻《孟姜女集》，并有增删。

万历二十二年（1594），同官县重修孟姜女祠。

是年，明兵部主事张栋修建山海关贞女祠（即孟姜女庙）。

万历二十四年（1596），张时显作《贞女祠碑记》，记孟姜女为陕西同官人。

是年，福建黄文康作碑文，记范植（郎）为关中人，孟姜女"循漆川而北"，寻夫到长城边关。

万历四十六年（1618），第一部《同官县志》成书，记载金山等孟姜女传说遗迹。

崇祯五年（1632），江苏出版《潜确类书》，记载孟姜女女回山故事。

约崇祯年间（1628—1644），冯梦龙编《情史》刊刻，录同官孟姜女传说，"同官"误为"潼关"。

崇祯十年（1637），孔子第64代孙、同官县令孔尚标复编《孟姜女集》（今佚）。

清代

康熙十九年（1680），《延安府志》纂成，卷五《祠祀》记载宜君哭泉孟姜女故事始末并建祠历史。

康熙三十五年（1696），同官知县武令谟改建孟姜女祠于石瓮下，题额"金钗显烈"四字。

康熙四十二年（1703），《韩城县志》记载孟姜女为同官人。

雍正四年（1726），《古今图书集成·职方典》记载孟姜女与女回山、哭泉故事。

雍正十年（1732），《宜君县志》记载孟姜女哭泉和孟姜女祠故事。

雍正十二年（1734），《陕西通志》钦定出刊，入《四部丛书》，记孟姜女为同官人，有5处记载铜川孟姜女故事。

乾隆二十二年（1757），名儒顾森流寓同官，与同官文人唱吟于孟姜女祠，作《同官姜女庙》等三首题姜女祠诗。

乾隆三十三年（1768）上元节，同官县祭祀孟姜女，知县杨永泽赋诗歌咏孟姜女，刻石立金山孟姜女祠（今佚），顾森作《和杨明府刊石金山作》，收入作者《云庵遗稿》。

乾隆三十五年（1770），同官县知县袁文观重修孟姜女庙，建楼三楹，增立诗碑碣石。

乾隆三十八年（1773），袁文观编纂的《同官县志》刊刻，艺文部分收录《孟姜女集》，诗文多为明代后期与清初地方官吏及文人作品。

乾隆四十一年（1776），《关中胜迹图志》刊行，记载孟姜女墓在同官县。

乾隆四十四年（1779），《西安府志》成书，载"孟姜女，同官人"及其传说故事。

嘉庆十年（1805），《金石萃编》一书问世，书中注释录同官孟姜女传说史料。

同治年间（1862—1874），宜君县哭泉孟姜女祠在战乱中被毁坏。

光绪二年（1876），刘秉琳《朔风吟略》刊刻，载同官孟姜女传说，谓"孟姜女陕西同官人"。

光绪四年（1878），河北《临榆县志》载"孟姜女，陕西同官人"及其故事传说。

民国

民国元年（1912），宜君县哭泉孟姜女祠重建，但规模甚小。

民国二年（1913），兴平万世堂纂刊《王桂英哭杀场》唱本，内唱同官孟姜女传说。

民国十一年（1922），清末民初蒋瑞藻著《小说考证》，由中华书局出版，其中《孟姜女》考证记孟姜女为陕西同官人。

民国十三年（1924），由著名学者顾颉刚发起在全国开展孟姜女故事研究，参加者除顾颉刚外，有钟敬文、钱肇基、路工、张紫晨、刘复等民间文艺家，还有后来的苏联学者李福清、日本学者饭仓照平等。同官孟姜女传说在研究中得到了充分论证，其显著的时代、地域、民族特点得到肯定。此次研究出版论文专著三册。

是年，民俗学会丛书之《孟姜女研究》出版，先后刊出第一、二、三册，收入当时的研究文章、信札、民俗资料和歌谣等，内中有不少同官孟姜女传说的宝贵资料。

民国二十一年（1932），西北实业考察团胡厥文（1949年后曾任全国人大常委会副委员长）、胡博渊、李永振和著名记者顾执中等在同官县游览孟姜女墓。

民国二十四年（1935），《同官县续志摘要》记载同官孟姜女殉夫处在县北金山下。

民国三十三年（1944），民国名志《同官县志》纂成，记载同官孟姜女传说历代史事。

民国三十八年（1949），国民党暂二旅驻铜川（同官改名）县，砍伐孟姜女祠、泰山东岳庙树木，拆毁有关建筑，运木石砌筑碉堡、工事，孟姜女祠开始颓败。

中华人民共和国

1956年7月，著名诗人冯至、美学家朱光潜、民间文艺家钟敬文等过哭泉，冯至创作著名的长诗《哭泉吟》。

1963年1月下旬，中国戏剧家协会主席田汉赴延安，过哭泉观孟姜女祠，赋诗一首："古城荒祠断碣眠，当年姜女走三边。关城万里功千古，不忘民间有哭泉。"

1966年，"文化大革命"开始，铜川孟姜女祠、宜君哭泉祠遭破坏，哭泉遗迹除哭泉外，其他均荡然无存。

20世纪70年代，孟姜女祠遗址因开山取石被拆除殆尽。

1974年，宜君县一农民在哭泉孟姜女祠遗址挖出一尊完好无损的孟姜女铁像，卖给废品收购站。这尊铁像高1.5米，重约300千克。

1981年1月7日，秦凤岗在《陕西农民报》发表了《孟姜女的故事》一文。这是"文化大革命"结束后，公开发表的第一篇关于铜川孟姜女传说的文章。

1982年3月，《民间文学》发表黄卫平搜集整理的《孟姜女的故事》，记述了铜川民间孟姜女传说。当代著名画家王叔晖为其绘制插图。

1984年，铜川市音乐工作者焦延洲创作民族器乐合奏曲《孟姜女传说遐想曲》。全曲以铜川民歌《孟姜女》为素材，以《丰收之喜》《抓夫》《哭城》三个乐段，描述了一个悲壮而动人的故事。该乐曲在是年铜川文艺会演中获得二等奖。

是年7月，铜川市民间文艺理论研讨会召开，黄卫平的论文《铜川孟姜女传说的形成、兴衰及在国内的影响》在会上宣读，引起震动。原省委宣传部副部长、民间文艺研究会顾问方杰高度评价此文，并将该稿保存至省民研会。

是年9月，陕西省文化文物厅、中国民间文艺研究会陕西省会合编《陕西民间传说故事选》出版，收入黄卫平收集整理的孟姜女传说故事。

1985年，《长城传说故事》由花山文艺出版社出版，收入黄卫平收集整理的孟姜女传说《哭泉》。

1986年1月2日，秦凤岗在《陕西日报》发表了《铜川孟姜女祠墓》一文，当时孟姜女祠尚未重建。秦凤岗在文中指出："如果恢复孟姜女祠原貌，我省就会增添一个独具特色的旅游点。"

是年12月24日，铜川市人民政府将铜川城关的孟姜女祠列为重点文物保护单位。

是年，《陕西名胜古迹传说故事选》由陕西人民美术出版社出版，收入黄卫平收集整理的孟姜女传说故事《女回山与哭泉岭》。

是年，黄卫平的论文《铜川孟姜女传说的形成、兴衰及在国内的影响》在陕西省民间文艺论文评奖中获优秀成果奖。

1988年11月，诗人朱文杰的诗集《哭泉》由中国和平出版社出版发行。

1990年，铜川市政府、郊区政府投资修复孟姜女祠，重建祭亭、山门、碑廊。

1991年8月，《铜川揽胜》由陕西旅游出版社出版，收录《姜女祠及孟姜女传说》一文。

1993年，铜川孟姜女祠对外开放。

1994年，哭泉重修第一期工程开始；年底时，建成仿长城围墙，立碑一通。石碑正面刻《重修哭泉记》，碑阴刻《孟姜女哭泉碑记》。

是年9月20日，秦凤岗的《孟姜女扳山》一文，在陕西省民间文艺作品评奖中获"科研成果优秀奖"，颁奖单位为陕西省文学艺术联合会、陕西省民间文艺家协会。

1995年5月，在铜川市人民政府组织的"十万人游铜川"活动中，数万人相继游览了铜川孟姜女祠和黄堡镇孟家原村的孟姜女故里。

是年5月20日，该村创办了《孟姜女故里报》，秦凤岗、任和平为责任编辑。

是年7月，中国民间文艺家协会首席顾问、中国民俗文艺研究会主席贾芝为孟姜女故里孟家原村题词。

是年底，宜君县重建哭泉孟姜女祠第二期工程动工。二期工程包括建亭、塑姜女像、建姜女庵、碑廊等。

1996年5月，孟姜女祠正式向游人开放。

是年，《中国民间故事集成·陕西卷》出版，内中收录：黄卫平收集整理的孟姜女的故事《范杞梁与孟姜女》《哭泉》，贾福义收集整理的孟姜女故事《长城的豁豁是咋来的》，刘西燕收集整理的《秦始皇吊孝》。

1997年7月，铜川市政府机关刊物《铜川经济社会研究》出版《孟姜女专号》，刊登孟姜女传说故事、史料和有关研究文章。

同月下旬，《铜川市志》出版发行。该书《艺文志》设"孟姜女诗文"章，收录铜川孟姜女传说诗文。

1998年5月9日，新华社对外发布消息《孟姜女"哭泉"遗址得到保护》，全国百余家晚报、都市报予以刊发。

1999年11月，黄卫平在印台区孟姜女祠发现一通城关居民因老宅拆迁送来的旧碑，经考证系珍贵的宋代孟姜女诗刻碑，碑名《留题孟姜遗庙》，碑立于北宋嘉祐三年（1058）上元后一日。消息发布后，被全国数十家新闻单位转载，并在网上广泛发布。

2000年，黄卫平著《孟姜女》由陕西旅游出版社出版。全书20多万字，收录铜川孟姜女传说故事、历代传说、铜川孟姜女诗词等。该书以翔实的资料、深入的研究、科学的考证，论述了铜川是孟姜女传说形成的最早地域，铜川印台区孟姜女祠是中国最早的孟姜女祠；第一次披露、引用了失传数百年的《孟姜女诗文集》；考证了中国最早的孟姜女诗刻碑是现存孟姜女祠的宋代《留题孟姜遗庙》诗碑。

2000年10月，《铜川日报》发表黄卫平《女回山琐记》一文，考证了女回山得名的由来、历史和地名价值，论证了女回山自《新唐书》记入正史以来的变化和与孟姜女传说的关系。

2001年6月，巫瑞书著《孟姜女传说与湖湘文化》由湖南大学出版社出版，书中大量引用同官孟姜女传说资料和《民间文学》发表的铜川《烛泪》《哭泉》传说，肯定了澧州孟姜女传说与同官孟姜女传说的渊源关系。

2002年春，哭泉林场修筑护坡，在原哭泉孟姜女庙遗址出土明代弘治年间李延寿诗刻碑，上镌李延寿哭泉诗并序。清雍正《宜君县志》将此碑序误为马理所撰哭泉孟姜女碑文，讹传迄今，可勘误。

2003年4月，黄瑞旗著《孟姜女故事研究》由中国人民大学出版社出版，书中收录了同官孟姜女传说故事并加以研究，肯定了同官孟姜女传说的地位。

2005年12月28日至29日，陕西省民间文艺家协会召开新一届代表大会，黄卫平著《孟姜女》一书被写进工作报告，并被作为全省重要成果予以褒奖。

2006年5月16日，《铜川日报》发表黄卫平《新发现的元代孟姜女哭泉史料——兼说元代孟姜女史料》，披露了珍贵的元代哭泉孟姜女史料被发现的经过和其珍贵的史料价值及意义。

2007年3月，日本友人、孟姜女研究者渡边明次访问铜川，参观孟姜女传说故里孟家原、孟姜女祠和哭泉遗址。

是年7月，渡边明次再次访问铜川，拜访孟姜女研究者黄卫平，探讨相关问题。

2008年4月10日，《华商报》报道，日本老人迷上中国爱情传说，两访铜川并出版《孟姜女口承传说集》。

是年4月12日，渡边明次著、收录有铜川孟姜女传说14则的《孟姜女口承传说集》由日本侨报社出版，黄卫平作序，用汉语和日语两种文字刊载。

是年，印台区孟姜女祠新建孟姜女故事石刻画廊。

是年，秦凤岗应铜川市印台区文物旅游局之邀，撰写了《新建孟姜女祠石刻画廊碑记》。该碑已刻立于祠中。

2009年1月10日，陕西省首届山花奖在西安颁奖，黄卫平民间文艺专著《孟姜女》获得著作类二等奖。

是年6月11日，陕西省公布第二批非物质文化遗产名录，王益区申报的"孟姜女传说"被列入。

是年，孟姜女祠开展楹联征文活动，秦凤岗、郭彦岗等所写的对联分别获奖，刻于楹柱。

2010年1月，秦凤岗著《孟姜女故里考证》《孟姜女故里传说》由王益区文物旅游局（陕内资图批字）出版。

是年9月20日，孟姜女文化研究会正式成立，秦凤岗担任会长。

2011年，王益区举办孟姜女故里桃花节摄影展览和"我心中的孟姜女"绘画展览。

2012年，铜川市市政协常委黄宏显在市政协大会上发言，提出"孟姜女故里应有看点"。

2014年3月，铜川市市政协常委黄宏显提交了《关于推出孟姜女系列动画片以及带动铜川旅游文化景区发展建议》的提案，并在大会上发言，提出"以动漫带动孟姜女旅游景点的发展"。

是年3月，铜川孟姜女文化旅游产业发展有限公司在孟姜女故里王益区的孟家原村创办了"孟姜女文化展示馆"。这是我省首座孟姜女文化展馆。

是年7月21日，陕西省第四批非物质文化遗产项目代表性传承人公布，铜川市王益区孟姜女传说代表性传承人为秦凤岗。

是年10月，陕西人民美术出版社出版了由秦凤岗编文、曾如意绘画的连环画《陕西孟姜女传说》。

　　2015年8月21日，受王益区政府委托，作家和谷召集铜川部分作家、专家，研究宣传孟姜女故里孟家原相关事宜，计划创作孟家原和孟姜女传说为题材的"六个一"工程（创作一部长篇小说、一部电影、一台舞剧、一部影视风光片、一本诗集和一部动画片）。

　　是年9月，电视风光片《孟姜女故里》完成撰稿，艺术指导和谷，执笔黄卫平。

　　是年10月，电影《人面桃花》主创在铜川采风，编剧和谷、刘嘉军、唐云岗，导演王凯。

　　是年12月，孟姜女故里丛书之《桃花诗集》稿件编纂完成，主编和谷，编者赵建铜。

　　2016年3月，舞剧《孟姜女》剧组在铜川采风，编剧和谷，艺术指导夏广兴（中国歌剧舞剧院），总导演刘姬娜（陕西师范大学音乐学院）。

　　是年3月，长篇小说《桃之夭夭》完稿，文学指导和谷，作者王闷闷（西北大学现代学院在读）。

　　是年3月，《孟姜女传说》《故里记忆》编撰完稿，主编和谷，编者王赵民。

　　（本文主要由黄卫平整理，薛卫红、秦凤岗、和谷等人补充了部分资料）

后 记

在铜川,孟姜女哭倒长城的传说故事妇孺皆知,但能够讲出孟姜女很多故事的人,恐怕为数不多,因此,有必要系统整理孟姜女传说资料。幸好,王益区邀请著名作家和谷先生担纲编纂《孟姜女故里丛书》,弥补了这一缺憾。

和谷先生的老家在铜川黄堡镇,与孟家原村隔沟相望,虽离开家乡四十余年,但他熟悉故里风物人情,写了很多篇记述家乡风物人情的美文,刊登在《人民日报》副刊,影响很大,无异于给家乡在中国第一大报上做了宣传广告。在我主编的市政府机关刊物《铜川经济社会研究》上,也刊登过他的数十篇散文,还编发过他的书画作品。他向来关心家乡,常回来参与家乡的文化活动,他热爱桑梓的情怀令人敬佩。

2015年8月,和谷先生来信息,嘱我协助他编《孟姜女传说》一书。我素来喜欢传统文化,对孟姜女的故事亦有涉猎,故未敢推辞。于是搜集资料,编写提纲,终成此稿。在编写过程中,和谷先生经常来电来信,给予指导和鼓励;还得到了黄卫平、秦凤岗二位孟姜女研究专家的大力支持，收录了他们搜集的资料和研究成果；和小军、刘强、袁璐、杨蕙如等人帮忙录资料、校对书稿，协助了我的工作。在此，我对以上诸位的帮助表示由衷的感谢。

王赵民

2016 年 3 月 11 日